MUTTER, *liebst du mich eigentlich?*

Wie Töchter das Antitoxin gegen ihre narzisstische Mutter finden und ihre Wunden heilen können inkl. **90-Tage-Selbsthilfeprogramm für Betroffene**

MELISSA KINNONS

Inhalt

Vorwort

Zunächst einmal möchte ich Ihnen danken, dass Sie sich für dieses Buch entschieden haben. Haben Sie in der Vergangenheit mit Narzissmus zu tun gehabt, sind Sie bestimmt auf der Suche nach den entsprechenden Ursachen und Beweggründen der betroffenen Person. Es ist schwer nachzuvollziehen, wieso Menschen anderen Leid zufügen, nur um sich dadurch einen Vorteil zu verschaffen. Warum glauben solche Menschen, sie seien der Nabel der Welt und nichts und niemand könne eine größere Rolle in ihrem Leben einnehmen als sie selbst? Dabei haben es Kinder von narzisstischen Müttern besonders schwer, da sie tagtäglich um die Liebe ihrer Mutter kämpfen müssen. Aber dieser Kampf bleibt erfolglos, weil sie es ihrer Mutter in keiner Weise recht machen können. So erhalten diese Kinder keine Anerkennung und Zuneigung. Dies ist zum Teil sehr schmerzhaft für die kleine Kinderseele, da sie sich ungeliebt und unerwünscht fühlt. Im Teenageralter kann es sogar zu einem regelrechten Konkurrenzkampf kommen, den das Kind stetig verliert. Es befindet sich in einer untergeordneten Rolle und die narzisstische Mutter steht über all seinen Bedürfnissen.

Wenn auch Sie unter einer narzisstischen Mutter gelitten haben, ist es nun an der Zeit, sich vom Kummer zu befreien. Ich werde Ihnen dabei helfen, hinter die Fassade des Narzissmus zu blicken und Frieden mit Ihrer Vergangenheit zu schließen. Dabei konzentriere ich mich in diesem Buch hauptsächlich auf den weiblichen Narzissmus beziehungsweise den Narzissmus in der Mutterrolle. Ein Kind, welches mit einer narzisstischen Mutter aufwächst, erfährt keine Mutterliebe und ist noch dazu in Bezug auf die eigene Persönlichkeit verunsichert. Im späteren Leben zeigen sich die Auswirkungen und es ist äußerst schwierig, gegen diese fest verankerten Strukturen anzukämpfen. Hinzu kommen andauernde Schuldgefühle, wenn das Leben nicht in gewünschten Bahnen verläuft, Angst davor, in den einfachsten Situationen zu versagen und im Unrecht zu sein, sowie ein geringes Selbstwertgefühl. Durch die fehlende Mutterliebe fällt es einem besonders schwer, gesunde Beziehungen zu führen, geschweige denn für jemanden Liebe zu entwickeln und diese auch zu zeigen.

Bestimmt finden Sie sich in meinen Worten wieder und möchten nun etwas verändern, damit es endlich wieder bergauf gehen kann. Mit diesem Buch nehme ich Sie an die Hand und werde Ihnen zeigen, dass es möglich ist, sich vor Narzissmus zu schützen

und all die Erlebnisse aus der Kindheit aufzuarbeiten. Sie sind nicht allein mit Ihrer Geschichte, denn es gibt viele Menschen, denen ein ähnliches Schicksal zuteilwurde.
Narzissmus findet sich überall in unserer Gesellschaft. Ob im Alltag, in den Medien, in der Politik, in der Wirtschaft und sogar schon bei Kindern sind gewisse Verhaltensweisen von Narzissmus geprägt. Hierzu kann man sagen, dass narzisstische Züge schon immer Teil des menschlichen Wesens waren und bei vielen Menschen zur Persönlichkeit dazugehören. Allerdings hält sich dieser Narzissmus normalerweise in Grenzen und ist meist überschaubar. Jedoch gibt es Personen, die mit ihrem Verhalten und ihrer Einstellung polarisieren und keineswegs nur eine narzisstische Phase in ihrem Leben durchlaufen. So verlief auch meine Geschichte, denn meine Mutter war durch und durch eine Narzisstin. Mir war lange nicht bewusst, warum sie sich so verhielt, wie sie es tat. Ich bemerkte nur, dass unser gesamtes Verhältnis nicht der Norm entsprach und ich verglich uns beide mit anderen Mutter-Tochter-Konstellationen. Ich vermisste das innige Verhältnis und war neidisch auf andere Kinder, die anscheinend von ihrer Mutter bedingungslos geliebt wurden. Bei mir sah das Ganze etwas anders aus, denn der wichtigste Mensch im Leben meiner Mutter war sie selbst. Dies stellte ich immer wieder schmerzlich fest und so kam es des Öfteren zu Konfrontationen und Konflikten, bei denen ich nur verlieren konnte.
Im Verlauf dieses Buches werde ich auf bestimmte Situationen eingehen und Näheres dazu erläutern. Das gesamte Ausmaß des Narzissmus meiner Mutter ist kaum in Worte zu fassen und noch heute erwische ich mich dabei, dass meine Gedanken wieder in alte Muster verfallen und mich in Selbstzweifel treiben. Dagegen

kämpfe ich jeden Tag aufs Neue an und oft holen mich einzelne Sequenzen aus meinem Leben wieder ein. Dies ist sicherlich ein Teil des gesamten Heilungsprozesses und ich habe gelernt, nach vorn zu blicken und mich nicht von den Erinnerungen dominieren zu lassen. Es war zeitweilig sehr schmerzhaft und ich habe erst wieder zu mir selbst finden müssen. Doch heute kann ich stolz berichten, dass ich es geschafft habe, mit dem Narzissmus meiner Mutter zurechtzukommen. Daher möchte ich anderen Betroffenen Mut machen und sie dabei unterstützen, den seelischen Missbrauch und die Ablehnung der eigenen Mutter zu überwinden. Ich werde Ihnen Stück für Stück meine Geschichte erzählen und Ihnen hilfreiche Informationen liefern, wie Sie mit erlebtem Narzissmus umgehen und dazu noch präventiv handeln können. Zu guter Letzt wünsche Ihnen ganz viel Kraft und Durchhaltevermögen bei der Aufarbeitung Ihrer Erfahrungen. Nur Sie allein können den Verlauf Ihres Lebens bestimmen und diesen in die richtige Richtung lenken. Damit Sie dies schaffen, unterstütze ich Sie, denn jeder Mensch ist es wert, geliebt zu werden. Das dürfen Sie nicht vergessen.

Die narzisstische PERSÖNLICHKEITSSTÖRUNG

Mit dem Begriff „Narzissmus“ wird unter anderem Selbstverliebtheit und übertriebene Selbstbewunderung beschrieben. Doch auch ein übersteigertes Selbstbewusstsein und ein verzerrtes positives Selbstbild gehen mit Narzissmus einher. Für einen Narzissten existieren die Menschen und seine Umwelt nur nebenher. Er ist vollkommen auf sich selbst fokussiert und nicht in der Lage, empathisch mit seinen Mitmenschen umzugehen. Durch seine dominante Art polarisiert er in jeder Hinsicht und dies führt oft zu Problemen und Konflikten. In der Welt eines Narzissten ist kein Platz für andere Menschen und genauso wenig für diejenigen, die ihm eigentlich etwas bedeuten sollten.

Der Ausdruck „Narzissmus“ ist abgeleitet aus der griechischen Mythologie. Der Sohn der Wassernymphe Leiriope und des Flussgottes Kephissos trug den Namen Narziss. Dieser hatte eine so starke Anziehungskraft, dass sich die meisten Menschen unsterblich in ihn verliebten. Doch niemand erschien ihm würdig und so kam es, dass er jeden vor den Kopf stieß. Die Göttin Nemesis bestrafte ihn für seine Boshaftigkeit: Narziss verliebte sich in sich selbst. Er erblickte sein Spiegelbild in einer Wasserquelle und war sofort in dessen Bann gezogen. Als er versuchte, sein Abbild zu küssen, stürzte er in das Wasser und ertrank. In einer anderen

Version der Geschichte berührte ein herunterfallendes Blatt sein Spiegelbild und er war so schockiert von seinem Anblick, dass er daraufhin starb. Zurück blieb nur eine Narzisse.
Diese Geschichte zeigt deutlich, wie es um einen Narzissten bestellt ist. Narzissmus straft nicht nur die Mitmenschen, sondern hat auch für einen Narzissten selbst fatale Folgen. Dies kann sogar zu einer starken narzisstischen Persönlichkeitsstörung führen, die in jedem Falle einer Therapie bedarf. Allerdings ist es schwierig, Betroffene davon zu überzeugen, da sie sich „normal" fühlen und sich auf keinen Fall eingestehen, unter einer Krankheit zu leiden. Narzissmus kann sich durch prägende Ereignisse im Leben zunehmend verstärken und den ganzen Charakter einer Person verändern.

Daran erkennen Sie einen Narzissten

- *Er fällt durch egozentrische Verhaltensweisen auf.*
- *Narzissten denken, sie seien perfekt und würden immer den richtigen Weg nehmen. Dabei erkennen sie eigene Fehler nicht.*
- *Ein Narzisst besitzt kaum bis gar keine Empathie gegenüber anderen Menschen.*
- *Auf Kritik reagiert er allergisch und nimmt diese außerdem nicht ernst.*
- *Er möchte immer im Mittelpunkt stehen und sorgt dafür, dass dies so bleibt. Koste es, was es wolle.*
- *Seine Mitmenschen behandelt er abwertend und zudem erniedrigt er jeden, der nicht nach seinen Vorstellungen handelt.*

- *Er ist davon überzeugt, er sei ein besonderer Mensch, und möchte stets auch so behandelt werden. Für seinen Sonderstatus würde er alles tun.*
- *Ein Narzisst beutet die Menschen in seinem Umfeld aus und verschafft sich so eigene Vorteile.*
- *Er lebt in einer eigenen Welt, welche für Außenstehende nicht zu verstehen ist.*
- *Seine Talente und Fähigkeiten stuft er übertrieben hoch ein und er überspielt seine Schwächen gekonnt.*
- *Den Erfolg anderer Menschen erträgt der Narzisst nicht. Seine Missgunst zeigt er dabei deutlich.*

Viele dieser Charakterzüge wies ebenfalls meine Mutter auf. Für mich gehörten sie zum Alltag und sie machten mir häufig zu schaffen. Ich war es ja nicht anders von ihr gewohnt, dass sie mich kalt und reserviert behandelte. Dennoch wünschte ich mir, sie würde sich verändern und mir endlich die Liebe schenken, die ich damals umso mehr brauchte. Da wusste ich noch nichts mit dem Begriff „Narzissmus" anzufangen und ich konnte mir nicht erklären, wieso sie nicht so war wie andere Mütter. Erst im späten Teenageralter fing ich an, mich für Psychologie zu interessieren, und da stolperte ich in einem Buch das erste Mal über Narzissmus. Vieles, was ich da las, traf eins zu eins auf meine Mutter zu. Wenn ich auch noch nicht wirklich verstand, was die Ursache für ihr Verhalten war, hatte ich doch endlich einen Anhaltspunkt gefunden.

WIE KOMMT ES ZU EINER NARZISSTISCHEN PERSÖNLICHKEITSSTÖRUNG?

Ein vermindertes Selbstwertgefühl ist die Hauptursache für eine narzisstische Persönlichkeitsstörung. Betroffene haben eine labile Psyche, die sie unter extremen Verhaltensweisen verstecken. Schließlich soll das Umfeld nicht erkennen, wie es in der betroffenen Person aussieht. Narzissmus an sich ist nicht von Grund auf nur durch Selbstverliebtheit gekennzeichnet, sondern wird auch als Ventil genutzt, um die eigenen Gefühle abzuschirmen. Dies kann durch ein Trauma oder negative Erfahrungen im Leben noch weiter verstärkt werden. Männer und Frauen verhalten sich als Narzissten nicht immer ähnlich und es gibt einige Unterschiede zwischen ihnen. Frauen neigen zum verdeckten und Männer zum offenen Narzissmus.

Es gibt natürlich Ausnahmen, aber allgemein kann man diese Unterscheidung so treffen. Offener Narzissmus bedeutet, dass die Person innerlich und äußerlich davon überzeugt ist, sie sei etwas ganz Besonderes. Dabei treten Männer häufig sehr dominant und selbstverliebt auf. Sie sind regelrecht von ihrer Perfektion besessen und möchten, dass jeder in ihrem Umfeld dies ebenfalls so sieht. Meist verhalten sie sich rücksichtslos und nehmen die Gefühle anderer Menschen nicht ernst. Es ist nicht selten, dass narzisstische Männer keine gesunde Beziehung führen können, da sie von ihrer Partnerin fordern, dass diese sich unterordnet.

Beim verdeckten Narzissmus jedoch spielt die Gefühlswelt verrückt und die Betroffenen werden von starken Selbstzweifeln eingeholt, welche sie in der Öffentlichkeit durch permanente Selbstdarstellung kompensieren müssen. Frauen sind hiervon am meisten betroffen und sehnen sich vermehrt nach Anerkennung. Hierbei versetzen sie sich selbst gekonnt in die Opferrolle und reden ihren Mitmenschen ein schlechtes Gewissen ein. Schließlich opfern sie sich auf und möchten dafür die verdiente Bestätigung bekommen. Hinter ihrer Fassade fühlen sie sich einsam und wertlos, da sie beispielsweise eine schwere Kindheit oder ein traumatisches Ereignis erfahren mussten. Minderwertigkeitskomplexe, Schamgefühle und mangelndes Selbstbewusstsein machen ihnen das Leben schwer, doch nach außen hin möchten narzisstische Frauen ein perfektes Bild abgeben. Sie stellen hohe Ansprüche an sich, an die eigene Persönlichkeit und fokussieren sich komplett auf ein unerreichbares Ziel. Dadurch blenden sie alles andere aus

und stoßen ihre Mitmenschen vor den Kopf. Sie schaffen es immer wieder, ihr Umfeld zu manipulieren, und geben vor, benachteiligt zu sein. So bekommen sie genau das, was sie wollen.

URSACHEN EINER NARZISSTISCHEN PERSÖNLICHKEITSSTÖRUNG

Bei vielen Krankheiten gibt es eine genetische Veranlagung, die Menschen aufweisen können. So erklärt sich die Häufung bestimmter Symptome und Verhaltensweisen. Bei der narzisstischen Persönlichkeitsstörung liegt die Ursache eher in der Erziehung und daraus resultierenden Erfahrungen in der Kindheit. Natürlich kann ebenfalls die Veranlagung des Kindes eine große Rolle spielen. Zeigt es eher introvertierte Züge, braucht das Kind von Natur aus mehr Beachtung und Unterstützung, um mit den Außenreizen zurechtzukommen. Erhält es diese nicht, wird es schnell verunsichert sein und fühlt sich hilflos. Das Selbstbewusstsein sinkt und das Kind sieht sich selbst als Schwächling. Bei extrovertierten Kindern müssen neben der liebevollen Zuwendung klare Regeln festgelegt werden, weil das Kind sonst gern mal über das Ziel hinausschießt. Erfährt es Ablehnung und Druck, wird es sich dagegen auflehnen und ein extremeres Verhalten an den Tag legen.

Doch nicht nur die Veranlagung des Kindes ist ein Faktor bei der narzisstischen Persönlichkeitsstörung. Besonders die fehlende Bindung zu den Eltern oder einer Bezugsperson führen zu einer negativen psychischen Entwicklung des Kindes. So ist das Verhalten der Eltern maßgeblich für die spätere Persönlichkeit des Kindes. Erfährt es Gewalt, Ablehnung und Desinteresse, sind die Weichen für eine narzisstische Persönlichkeitsstörung gelegt. Doch auch ein übertriebenes Maß an Aufmerksamkeit kann dafür sorgen, dass ein Kind sich in diese Richtung bewegt, etwa wenn die Eltern das Kind idealisieren und es mit Aufmerksamkeit überschütten. Dabei versuchen die Eltern sogar, fehlende Liebe durch materielle Dinge auszugleichen, weil sie vielleicht kaum Zeit für ihr Kind aufbringen können. Hat das Kind durch die mangelnde Präsenz seiner Eltern nicht die Möglichkeit, seine Bedürfnisse mitzuteilen, entsteht trotz der materiellen Beschwichtigung ein Gefühl von Einsamkeit und Unverständnis. Ganz klar haben beide Erziehungsweisen einen negativen Einfluss auf das Kind. Wird es bewusst unterdrückt oder unbewusst daran gehindert, seine Bedürfnisse auszuleben, kann dies beim Kind dauerhafte Frustration hervorrufen. Wobei der erste Erziehungsstil weitaus schwerwiegendere Verläufe nach sich ziehen wird. Wenn Sie also wissen, welche Erfahrungen Ihre Mutter im Laufe ihres Lebens machen musste, werden Sie vielleicht verstehen, weshalb sie sich zu einer Narzisstin entwickelt hat. Dies sollte keinesfalls ihre Taten rechtfertigen, dennoch können Sie mit Empathie nachvollziehen, wo der Ursprung ihrer Krankheit liegt. Vielleicht fällt es Ihnen dann leichter, Ihrer Mutter zu verzeihen oder mit ihr gänzlich abzuschließen.

Ich gebe Ihnen hier noch einmal einen Überblick über die möglichen Ursachen des Narzissmus.

- *Das Kind wird von seinen Eltern vernachlässigt und es erfährt keine Liebe oder Zuwendung. Es wird nur die leibliche Grundversorgung sichergestellt, alles andere interessiert die Eltern nicht.*
- *Selbst wenn das Kind um Aufmerksamkeit buhlt, bekommt es diese nicht. Es erfährt Ablehnung und wird in seinem Selbstwertgefühl erschüttert.*
- *Übermäßige Verwöhnung kann das Kind überfordern und vermittelt ihm ein falsches Bild von Liebe.*
- *Seine Bedürfnisse werden nie akzeptiert oder wahrgenommen. Auch dann nicht, wenn es diese lautstark einfordert.*
- *Es erfährt körperliche oder seelische Gewalt, sexuellen Missbrauch oder vollkommenes Desinteresse der Eltern. Gerade wenn das von der eigenen Mutter ausgeht, hat dies schwerwiegende Konsequenzen für die psychische Gesundheit des Kindes.*
- *Die Eltern vermitteln dem Kind ein falsches Selbstbild, indem sie es übermäßig loben oder kritisieren. Dadurch arbeitet das Kind stetig an seiner Person, nur um den Eltern zu gefallen. Dies begünstigt einen Hang zur Perfektion beim Kind.*

TYPISCHE CHARAKTERMERKMALE EINER NARZISSTISCHEN MUTTER

Als Mutter liebt man sein Kind und stellt dieses vor seine eigenen Bedürfnisse. Doch es gibt ebenfalls Mütter, die unter einer narzisstischen Persönlichkeitsstörung leiden. Diese Störung ist eine starke Belastung für die Mutter-Kind-Beziehung und kann diese auf Dauer extrem erschüttern. Häufig verstecken narzisstische Mütter ihre Persönlichkeit erfolgreich vor der Außenwelt und nur die Familie bekommt deren wahres Gesicht gezeigt. Daher ist es schwierig für Außenstehende zu erkennen, ob es sich um eine narzisstische Persönlichkeitsstörung handelt.

Auch ich konnte nie verstehen, wieso alle meine Mutter als liebenswerte und charismatische Frau ansahen. Mir gegenüber war sie selten positiv eingestellt und noch dazu kümmerte es sie nicht, wie es mir ging. Sie hörte mir zwar zu, wenn ich etwas zu sagen hatte, jedoch wechselte sie immer sehr schnell das Thema und bezog alles auf sich. Sehr oft kritisierte sie mein Äußeres oder zog meine Gefühle ins Lächerliche. Ich fühlte mich nicht wahrgenommen und unverstanden. Sie reagierte oft über und beleidigte mich, wenn ich nicht in ihr Schema passte. Es kriselte ebenfalls zwischen meiner Mutter und meinem Vater, der sich in vielerlei Hinsicht auf meine Seite stellte und mir den Rücken stärkte. Als ich vierzehn war, ging ihre Ehe in die Brüche und ich blieb bei meiner Mutter. In den folgenden vier Jahren wurde das Verhältnis zwischen mir und meiner Mutter immer schlechter. Das zeigte sich unter anderem in meinen schulischen Leistungen, und sie kam nicht auf die Idee mich aufzubauen, sondern redete mir ein, ich würde es nie zu etwas bringen, wenn ich so weitermachte. Verbesserten sich meine Noten, ließ sie dennoch kein gutes Haar an mir und redete meine Leistungen klein. Schließlich seien die guten Noten nur Glück gewesen und hätten nichts mit meiner Intelligenz zu tun. Trotz alledem gab ich nicht auf. Vielmehr verspürte ich den Wunsch, mit achtzehn Jahren auszuziehen.

Dafür strengte ich mich in der Schule sehr an und hoffte stets darauf, dass meiner Mutter doch endlich ein Lob über die Lippen kam. Doch ich wartete vergebens. Sie wollte sich einfach nicht mit mir auseinandersetzen und war viel zu sehr mit sich selbst beschäftigt. Ich muss dazu sagen, sie hatte selbst keine einfache Kindheit. Einzelheiten hatte sie mir nie erzählt. Sie schwieg, wenn es um ihre Vergangenheit ging, so als wolle sie auf keinen Fall Schwäche zeigen. Und doch neigte sie dazu, sich ständig als Opfer darzustellen, nur damit ich das tat, wonach ihr der Sinn stand. Als ich dann endlich auszog, vergoss sie keine Träne und gab mir so nicht das Gefühl, wichtig zu sein. Sie war sichtlich froh darüber, mich endlich loszuwerden. Hätte ich damals mehr über ihre Krankheit gewusst, hätte ich mich vielleicht nicht so sehr von ihr manipulieren und unterdrücken lassen. Vielleicht hätte ich sogar

Verständnis für ihre Situation gehabt. Natürlich ist ihr Verhalten durch nichts zu entschuldigen, nur wusste sie es anscheinend nicht besser, da sie sich ihrer Krankheit nicht bewusst war. Heute ist dies anders und sie sieht ein, dass sie damals vieles falsch gemacht hat. Man kann schon sagen, dass sie heute mehr Einsicht zeigt und auf einem guten Weg ist, unsere Beziehung zu retten. Wenn Sie in Ihrer Kindheit ebenfalls unter einer narzisstischen Mutter gelitten haben, finden Sie sich bestimmt in der ein oder anderen Erzählung von mir wieder.

ERNIEDRIGUNGEN

Eine narzisstische Mutter gibt ihrem Kind das Gefühl, nichts wert zu sein. Was das Kind auch versucht, es wird nie die Erwartungen der Mutter erfüllen können. Sie sorgt dafür, dass das eigene Kind sich für seinen Charakter und für seine Persönlichkeit schämt, indem sie ihm immer wieder einredet, ein unbedeutender Mensch zu sein. Sogar vor den Freunden des Kindes schreckt sie nicht davor zurück, dieses bloßzustellen und abwertend zu behandeln. Beschimpfungen und abfälliges Verhalten sind an der Tagesordnung und kratzen am Selbstwertgefühl des Kindes. Wenn das eigene Kind scheitert, baut sie es emotional nicht wieder auf, sondern belastet es mit zusätzlichen Demütigungen und Vorwürfen. Durch dieses Verhalten fühlt sie sich überlegen. Das führt bei dem Kind zu einem starken Drang sich zu beweisen, obwohl die Gunst der Mutter für das Kind unerreichbar ist.

NEID UND KONKURRENZDENKEN

Verbucht das Kind Erfolge, werden diese abgewertet und

kaum beachtet. Dadurch zerstört die Mutter das Selbstvertrauen des eigenen Kindes und treibt es nur noch mehr in den Leistungsdruck. Oft werden Vergleiche zu anderen Kindern oder den Geschwistern hergestellt und deren Leistungen als Maßstab gesetzt. Die Mutter ist nicht in der Lage, auf das Kind stolz zu sein, und treibt es dazu an, noch mehr abzuliefern. Vielmehr sieht die Mutter in dem Kind eine starke Konkurrenz, bei Mutter-Tochter-Beziehungen wird dies im Teenageralter noch verstärkt. Die Mutter sieht dann in ihrer Tochter ihr Ebenbild und versucht, dies stetig zu übertreffen. Dabei kann es zu Abwertungen der Persönlichkeit und des Aussehens kommen, was natürlich auf die Psyche einer pubertierenden Tochter erhebliche Folgen haben kann. Essstörungen, selbstverletzendes Verhalten und extremes Grenzverhalten nutzt die Tochter dann, um die ersehnte Aufmerksamkeit von ihrer Mutter zu bekommen.

VERNACHLÄSSIGUNG

Nicht selten fällt es narzisstischen Müttern schwer, sich vollkommen um ihr Kind zu kümmern, da sie keinen Sinn darin sehen sich aufzuopfern. Das Kind wird größtenteils sich selbst überlassen und nur mit dem Notwendigsten versorgt. Alles, was darüber hinausgeht, wie beispielsweise Mutterliebe, Trost und Zuneigung ist für diese Mütter kaum zu verstehen. Daher leidet die Bindung zum eigenen Kind immer mehr und der Mutter ist gar nicht bewusst, wie sehr sie ihrem Kind mit diesem ablehnenden Verhalten schadet. Es steht fest, dass die Vernachlässigung der

Seele ein Kind bis an sein Lebensende prägen kann. Das Kind wird in den meisten Fällen Schwierigkeiten haben, Emotionen zuzulassen und Empathie zu entwickeln, weil es diese Fähigkeit nie gelernt hat.

GRANDIOSITÄT

Niemand kann einer narzisstischen Mutter das Wasser reichen – diese ist eine typische Einstellung narzisstischer Mütter. Dabei denkt die Mutter, sie begehe keine schwerwiegenden Fehler in der Erziehung und alle anderen hätten Schuld an ihren Rückschlägen. Darunter leidet besonders das Kind, weil die Mutter sich als Übermensch darstellt und dem Kind das Gefühl gibt, nicht gut genug zu sein. Sie manipuliert ihr eigenes Kind und stellt es auf die unterste Stufe. Für eine Mutter mit narzisstischer Persönlichkeitsstörung gibt es keinen Menschen, der über ihr steht. Alles dreht sich um sie selbst, und Probleme und Kummer des Kindes werden gar nicht wahrgenommen, sondern verharmlost. Sie richtet den Fokus geschickt wieder auf sich und demonstriert, wie aufopferungsvoll und perfekt sie doch ist.

Fünf typische VERHALTENSWEISEN DER narzisstischen Mutter

Es gibt verschiedene Verhaltensweisen bei einer narzisstischen Persönlichkeitsstörung, die nicht alle gleichzeitig zutreffen müssen, sich jedoch häufen. Dabei kann eine Mutter besonders aggressives Verhalten zeigen, eine andere wiederum verweist auf ihre Opferrolle und macht sich das schlechte Gewissen des Kindes zunutze. Es gibt außerdem Mütter, die in einen regelrechten Kontrollwahn verfallen, sodass das Kind nichts ohne deren Zustimmung tun darf. Dies geschieht dann sogar bis ins Erwachsenenalter. Oder die Mutter sieht sich wie gesagt als perfekt und herausragend an, sodass sie ihrem Kind eine niedere Rolle zuteilt. All diese Verhaltensweisen können sich abwechseln, sich vermischen oder auch nur vereinzelt auftreten. Es ist für das nähere Umfeld nicht schwer, eine narzisstisch geprägte Mutter zu durchschauen, auf Außenstehende kann sie allerdings sehr fürsorglich und ambitioniert wirken. Dies ist genau das Ziel einer narzisstischen Mutter, denn sie möchte vor anderen Mitmenschen ein perfektes Familienbild aufrechterhalten. Daher ist es für betroffene Kinder nicht leicht, über den Narzissmus der eigenen Mutter zu sprechen. Oft werden ihre Sorgen nicht ernst genommen oder banalisiert. Dies verstärkt zusätzlich den Frust auf die eigene Kindheit und mindert das Selbstbewusstsein.

Ich habe Ihnen im Folgenden die verschiedenen Verhaltensweisen einer narzisstischen Mutter zusammengefasst. Sie werden durchaus das eine oder andere Verhaltensmuster wiedererkennen, doch es gibt sicherlich noch einige weitere, die ich hier nicht aufgeführt habe. Natürlich kann sich der Narzissmus Ihrer Mutter auf ganz andere Weise gezeigt haben. Wichtig ist, dass Sie erkennen, wie sehr der Narzissmus Ihr Leben beeinflusst hat und welches Verhalten Ihrer Mutter dazu beigetragen hat.

DIE KONTROLLSÜCHTIGE MUTTER

Wenn das Kind keinen Schritt mehr allein gehen darf und der gesamte Alltag allein auf den Vorstellungen der Mutter basiert, kann sich ein Kind nicht frei entwickeln. Der gesamte individuelle Prozess wird gehemmt und das Kind traut sich nicht, seiner Fantasie freien Lauf zu lassen. Es entsteht eine regelrechte Blockade, weil es immerzu damit beschäftigt ist, seine Mutter zufriedenzustellen. Allerdings gibt es noch eine extremere Form der Kontrollsucht: Wenn die Mutter dem Kind in keiner Weise Vertrauen entgegenbringt und es zusätzlich noch als Lügner darstellt, obwohl es hierfür keinen Grund gibt. Dabei schreckt sie nicht einmal davor zurück, in die Privatsphäre des Kindes einzugreifen und es vor anderen Personen, wie zum Beispiel dem Freundeskreis, bloßzustellen. Sie möchte über jede kleinste Bewegung ihres Kindes Bescheid wissen, weil sie sonst das Gefühl hat, die Kontrolle zu verlieren.

Der Freiheitsdrang des Kindes wird hierdurch immer größer und so kommt es häufig vor, dass diese Kinder so schnell wie möglich die Flucht aus dem Elternhaus wagen, damit sie endlich ihr eigenes Leben führen können. Die Kontrollsucht der eigenen Mutter erstreckt sich ebenfalls auf das Erwachsenenleben und es kommt zu ständigen Konflikten, weil sie ihrem erwachsenen Kind weiterhin Vorschriften machen möchte. Telefongespräche gleichen dann eher einem Verhör als einem netten Gespräch zwischen Mutter und Tochter. Dies schädigt die Mutter-Kind-Beziehung immens, und nicht selten brechen viele Kinder den Kontakt zu ihrer Mutter ab, weil sie nicht auch noch als Erwachsene bewacht werden möchten. Für die narzisstische Mutter ist diese Überwachung ein Kompensationsmittel der eigenen Kindheit und sie möchte hiermit ihre eigene Unsicherheit überspielen. Führt das eigene Kind ein besseres Leben als das ihre, so kann sie sich nicht für dieses freuen oder den Erfolg des Kindes akzeptieren. Besonders wenn sie in ihrer eigenen Kindheit auf Ablehnung gestoßen ist, möchte sie durch ihr Verhalten die damalige fehlende Kontrolle zurückgewinnen. Allerdings bewirkt sie dadurch genau das Gegenteil und verliert irgendwann ihr eigenes Kind, weil dieses sich von ihr abwendet.

WENN DIE EIGENE MUTTER BEMUTTERT WERDEN MÖCHTE

Ein Kind, welches sich andauernd um die eigene Mutter und deren Bedürfnisse kümmern muss, stellt sich selbst hinten an. Dabei nutzt die narzisstische Mutter geschickt das schlechte Gewissen des Kindes aus und versetzt es durch Erpressungen und unangebrachte Forderungen in einen andauernden Angstzustand. So kann es sein, dass sie ihrem Kind droht, es zu verlassen, wenn es sich nicht an die Regeln hält. Die Androhung von Suizid oder Ähnlichem können das eigene Kind verstören und diese Ängste, die dann entstehen, treiben das Kind dazu, seine eigenen Bedürfnisse zurückzustellen. Selbst wenn das Kind eigene Probleme hat, wandelt die Mutter die Situation so um, dass am Ende wieder sie selbst im Fokus steht und sich alles um sie dreht. Für das Kind ist dieses Verhalten äußerst schädlich, denn es kann dadurch kein Vertrauen aufbauen oder lernen, mit Emotionen umzugehen. Vielmehr wird ihm dabei suggeriert, negative Manipulation gehöre zum Alltag und sei vollkommen legitim.

Die Mutter bringt sich gezielt in die Opferrolle, um Aufmerksamkeit zu erhaschen, und bemerkt dabei gar nicht, wie ihr Kind emotional unterdrückt wird. Nur ihre Bedürfnisse zählen in diesem

Moment und sie erwartet, dass ihr Kind, sogar wenn es noch jünger ist, sich um ihre Belange kümmert. Dies ist natürlich schlichtweg unmöglich und Konflikte sind vorprogrammiert. Vorwürfe und Anschuldigungen begleiten das Kind Tag für Tag. Ihre Sorgen lädt die narzisstische Mutter einfach bei ihrem Kind ab und macht es für ihr Leid verantwortlich. Das ständige Gejammer der eigenen Mutter kann das Kind auf Dauer überfordern und gibt ihm das Gefühl, mit seinen Problemen allein dazustehen. Auch wenn das Kind später einmal erwachsen ist, sieht die Mutter sich immer noch in der Opferrolle und inszeniert notfalls sogar ein Drama, um die gewünschte Aufmerksamkeit zu bekommen.

MÜTTER, DIE IHRE TÖCHTER SEELISCH UND KÖRPERLICH MISSHANDELN

Das wohl größte Problem stellt eine narzisstische Mutter dar, welche zur physischen, aber auch zur psychischen Gewalt greift und diese auch noch als gerechtfertigt ansieht. Dabei setzt sie in der Erziehung auf unverhältnismäßige Strafen und erniedrigt das Kind verbal, schlimmstenfalls sogar durch körperliche Züchtigung. Ihre Aggressionen werden häufig schon durch kleinste Ereignisse ausgelöst und sie kann ihre Emotionen nur schwer wieder regulieren. Dabei lässt sie ihre Wut an dem eigenen Kind aus, sogar dann, wenn dieses nichts mit der eigentlichen Ursache zu tun hatte. Ihre Vulnerabilität steht ihr dabei besonders im Weg und so gibt es für sie keine andere Option, als ihren Frust auf das Kind zu projizieren.

Durch Beleidigungen, diffamierende Phrasen und teils sogar körperliche Misshandlung des Kindes trägt die Mutter zu erheblichen Entwicklungsstörungen und Ängsten bei. Diese können sich im Laufe des Lebens beim Kind noch verstärken und das Risiko für psychische Erkrankungen im Erwachsenenalter erhöhen. Der Mutter ist nicht bewusst, wie sehr sie ihrem Kind mit diesem Verhalten schadet, denn sie sieht in dem Moment nur ihren eigenen Kummer, den sie natürlich vor der Außenwelt verbirgt. Schließlich möchte sie nicht schwach wirken und genießt es zum Teil sogar, eine dominante Position einzunehmen. Dabei wertet sie ihr Kind und seine Fähigkeiten ab, was beim Kind zu einer gestörten Selbstwahrnehmung führt. Kommt dann noch Gewalt hinzu, fürchtet sich das Kind vor der eigenen Mutter, was ihr wiederum eine Machtposition einbringt.

DIE MUTTER, DIE NACH ANERKENNUNG & BEWUNDERUNG STREBT

In diesem Fall möchte die Mutter von ihrem Kind für ihre Aufopferung eine passende Entschädigung bekommen. Denn schließlich gibt sie alles für ihr Kind und möchte dafür entsprechend wertgeschätzt werden. Das Kind soll ihr genügend Dankbarkeit und Anerkennung schenken, damit sich die Mutter in ihrer Rolle bestätigt fühlt. Ihr Selbstbewusstsein ist wahrscheinlich schon in ihrer Kindheit oder im weiteren Lebensverlauf stark in Mitleidenschaft gezogen worden, und so versucht sie, dieses durch die Bewunderung ihres Kindes wieder zu reparieren. Erhält sie nicht genügend Aufmerksamkeit, wird das eigene Kind als undankbar und egoistisch dargestellt. Wobei ein Kind, besonders wenn es noch sehr klein ist, noch gar nichts mit „Dankbarkeit“ und „Egoismus“ anfangen kann. Es handelt schließlich nicht aus Boshaftigkeit, sondern sucht sich Wege, um seine Bedürfnisse schnell und effektiv zu befriedigen.

Eine narzisstische Mutter sieht das etwas anders und wertet das Verhalten des Kindes als falsch. Sie ist der Ansicht, es sollte seine Mutter verehren, weil sie ihm schließlich das Leben geschenkt und die Schmerzen der Geburt auf sich genommen hat. Diese Einstellung behält die Mutter konstant bei und redet ihrem Kind dafür permanent ein schlechtes Gewissen ein. Sie möchte für ihre Mutterrolle anerkannt werden, und bekommt sie dies nicht, reagiert sie darauf mit vollkommenem Liebesentzug, wobei echte Liebe zu ihrem Kind sowieso kaum vorhanden ist.

WENN DIE MUTTER SICH IN DAS KOMPLETTE LEBEN EINMISCHT

Für ein Kind, welches seinen freien Willen entwickelt, ist es eine große Belastung, wenn die Mutter sein Leben von Grund auf bestimmt. Eine normale Mutter wird ihr Kind bei dessen Entwicklung unterstützen und seine Persönlichkeit fördern. Im Falle einer narzisstischen Mutter hat das Kind all seine Bedürfnisse zu unterdrücken. Es darf nur nach dem Willen der Mutter handeln. Das bedeutet, die Mutter formt das Kind nach ihren Vorstellungen und versucht, es durch Manipulation gefügig zu machen. Das ganze Leben des Kindes soll sich nach den Wünschen der Mutter richten und sie möchte über alles entscheiden. Missfällt ihr etwas, muss das Kind sich beugen, ob es will oder nicht.

Sie gibt ihrem Kind keinen Freiraum und möchte immer die Zügel in der Hand halten. Spätestens in der Pubertät kommt es dann zu einer Krise, in der das Kind ausbrechen möchte. Eine narzisstische Mutter schreckt nicht einmal davor zurück, Beziehungen und Freundschaften sowie verschiedene Lebenschancen des Kindes zu zerstören, wenn diese nicht in ihr Weltbild passen. Sie betrachtet ihr Kind als eine Art Marionette, die sie beherrschen muss, da sie sonst an ihren Minderwertigkeitskomplexen zugrunde geht. Dies hat wiederum mit dem gefürchteten Kontrollverlust zu tun, den sie um keinen Preis erleben möchte. Denn genau dann würde ihr bewusst werden, wie traurig oder traumatisch ihr eigenes Leben verlaufen ist. Sie stürzt sich lieber auf das Leben des eigenen Kindes und vermeidet es, sich mit ihrer Vergangenheit auseinanderzusetzen.

Die schlimme KINDHEIT

In der Kindheit hinterlässt der Narzissmus der eigenen Mutter vielerlei Spuren. Die seelischen Schäden können ein verheerendes Ausmaß annehmen und das Kind schließlich in diverse psychische Verhaltensstörungen oder Depressionen stürzen. Für ein Kind ist es nahezu unmöglich, an seiner Situation etwas zu ändern, wenn Außenstehende keinen Zugang zum Familienleben bekommen. Vieles geschieht hinter verschlossenen Türen und gerade beim emotionalen Missbrauch ist es schwierig, Beweise dafür aufzubringen. Diese versteckten Wunden in der Kinderseele sind auf den ersten Blick nicht sichtbar und lediglich die Verhaltensweisen des Kindes geben Aufschluss über die Gesamtsituation. Bei körperlichem Missbrauch entstehen Wunden oder Spuren auf dem kindlichen Körper, die für Außenstehende meist unverkennbar sind. Hier ist eindeutig zu erkennen, ob ein Kind häuslicher Gewalt ausgesetzt ist, und dementsprechend kann auch das Umfeld handeln. Im Falle einer narzisstischen Mutter muss allerdings diese Gewalt

nicht unbedingt stattfinden und dennoch kann sie auf ihre eigene Art und Weise das Kind seelisch missbrauchen. Das Tückische daran ist, dass ein Kind niemals zugeben würde, von seiner Mutter schlecht behandelt zu werden, da dieser Zustand seit der Geburt fortbesteht. Es kennt somit keine andere Erziehungsmethode als die der Mutter. Gerade wenn es noch sehr klein ist, kann es sich über seine Lebensumstände noch nicht äußern. Und so idealisiert es die Mutter, obwohl diese ihm nicht die Liebe entgegenbringt, die es eigentlich verdient hätte.
Denken Sie zurück an Ihre Kindheit. Welche prägenden Momente sind Ihnen besonders im Gedächtnis geblieben und hätten Sie sich getraut, sich gegen Ihre eigene Mutter aufzulehnen? Wohl kaum, oder? Es hätte zu viel auf dem Spiel gestanden. Hätten Sie jemandem von Ihrer misslichen Lage berichtet, wäre womöglich die Beziehung Ihrer Eltern in die Brüche gegangen, sofern diese vorhanden war. Sie hätten vielleicht für einige Zeit Ihr Zuhause verlassen müssen und wären in die Obhut von Pflegeeltern gekommen usw. Unsicherheit und Ängste in Bezug auf die eigene Zukunft sind vollkommen normal und überfordern ein Kind, sodass es nicht weiß, welcher der richtige Weg für es ist. Schließlich müsste doch die Mutter wissen, was das Beste für ihr Kind ist. In diesem Fall kann das Kind aber auch Angst vor der Reaktion der Mutter haben, weil ihm, wenn es den Mund aufmacht, direkt wieder Erniedrigungen oder Prügelstrafen drohen. So oder so befindet es sich in einem Zwiespalt und nimmt dafür alle Strapazen auf sich, nur um die eigene Mutter nicht zu verärgern. Es kann daher sogar zu Vertuschungsaktionen seitens des Kindes gegenüber Außenstehenden kommen und es sucht Ausflüchte für Verletzungen oder abnormales Verhalten.

Ich hatte damals die Angewohnheit, vor lauter Stress sämtliche Dinge zu sortieren, um die Anspannung loszuwerden, die meine Mutter ständig in mir auslöste. Es beruhigte mich und die Konzentration auf etwas so Banales half mir, nicht zu verzweifeln. So komisch es klingen mag, aber immer, wenn ich mich meinem Sortierzwang hingab, hatte ich das Gefühl, ein Stück weit die Kontrolle zu erlangen. Später dann entwickelte ich eine Essstörung und bei ebendieser war wiederum die Kontrolle über meinen Körper etwas, was mich sehr zufriedenstellte. Ich konnte selbst bestimmen, was und wie viel ich aß, und meine Mutter hatte darauf keinen Einfluss. Irgendwann fiel ihr allerdings auf, dass ich an Gewicht verlor und sich meine Figur stark veränderte. Sie verglich uns beide daraufhin und zeigte Anzeichen von Neid und Missgunst. Schließlich wollte sie nicht akzeptieren, dass ich dünner war als sie, und deshalb redete sie mir ein, ich sei „hässlich" und „fett", obwohl ich – aus heutiger Sicht – meilenweit davon entfernt war. Das sorgte dafür, dass ich noch tiefer in die Essstörung rutschte und sich meine Wahrnehmung vollständig verzerrte.

WENN DAS GESCHWISTERKIND BEVORZUGT WIRD

Es ist für ein Kind schon schwer zu verkraften, wenn die eigene Mutter unfähig ist zu lieben. Viel schlimmer ist es jedoch, wenn das Geschwisterkind bevorzugt wird und die Mutterliebe erhält, nach der man sich so sehr sehnt.

Oft stellen narzisstische Mütter sehr gern Vergleiche zwischen Geschwistern an und sorgen so indirekt für einen Konkurrenzkampf. Noch dazu fühlt das eine Kind sich vernachlässigt und entwickelt eine Abneigung gegen das Geschwisterkind. So sind Konflikte vorprogrammiert und es kommt zu ständigen Auseinandersetzungen um die Gunst der eigenen Mutter. Diese fokussiert sich besonders auf das Geschwisterkind, das erfolgreicher ist und in ihr Muster hineinpasst. Auch kann sie sich mit diesem eher identifizieren, sodass sie ihm mehr Freiheiten einräumt sowie zuvorkommender und nachsichtiger mit ihm ist. Dabei stellt sie das andere Kind als Sündenbock dar und redet ihm ein, nicht in die Familie zu passen. Vergleiche zwischen den Fähigkeiten der Geschwisterkinder oder auch anderer Kinder schädigen das Selbstwertgefühl und das führt dazu, dass das betroffene Kind ständig um Anerkennung buhlt. Nur bekommt es diese nicht. Dadurch entsteht eine Mischung aus Wut, Angst und Aggressionen. Diese Aggressionen können sich gegen das Geschwisterkind richten oder sich als Autoaggression äußern. Noch dazu wird die Beziehung der Geschwister nachhaltig gestört und kann sich sogar im weiteren Verlauf des Lebens verschlechtern. Der Narzissmus der Mutter belastet zunehmend die gesamte Familiensituation und manipuliert unterbewusst alle Familienmitglieder. Es ist zudem gut möglich, dass das bevorzugte Kind gewisse Wesenszüge der Mutter übernimmt und ebenfalls narzisstische Züge aufweist. Das andere Geschwisterkind hingegen wird sich stetig vergleichen und sein Selbstwertgefühl schwindet aufgrund der mangelnden Zuneigung. Es wird nie den Platz des Geschwisterkindes einnehmen können, egal, wie sehr es sich auch darum bemüht.

Selbst wenn es ein erfolgreiches Leben führt und das Geschwisterkind ihm nicht annähernd das Wasser reichen kann, wird es nie den gleichen Stellenwert bei seiner Mutter erreichen.

ERZIEHUNGSMETHODEN DER NARZISSTISCHEN MUTTER

Die narzisstische Mutter sieht ihr Kind als ihr Ebenbild an und erwartet von diesem stetigen Gehorsam. Sie erzieht autoritär und gibt dem Kind Anweisungen, die nicht die Bedürfnisse des Kindes berücksichtigen, sondern allein ihren Vorstellungen entsprechen. Dabei erwartet sie von ihrem Kind, dass dieses unerwünschte Charaktereigenschaften ablegt und diese sogar unterdrückt. Es muss für die Mutter funktionieren und sich nach ihren Regeln richten. Außerdem muss das Kind ständig der Mutter nacheifern und sich mit ihr messen.

Jedoch hat das Kind keine Chance, die Grandiosität der Mutter zu erreichen, weil es schlichtweg von ihr ausgebremst und abgewertet wird. Eine narzisstische Mutter möchte vor anderen Menschen mit ihrem Kind glänzen und setzt dementsprechend hohe Maßstäbe fest. Dabei muss es diese zu hundert Prozent erfüllen, ansonsten drohen ihm Konsequenzen.
Die Mutter möchte in jedem Punkt die Kontrolle über ihr Kind besitzen und lässt ihm so keinen Freiraum. Dabei lernt das Kind nicht, seine eigene Persönlichkeit zu entwickeln, sondern sich nach anderen Personen zu richten. Gute Leistungen werden trotz allem nicht gewürdigt, sondern herabgesetzt, und das Kind wird weiterhin unter Druck gesetzt. Für die Mutter ist es ein befriedigendes Gefühl, die komplette Macht über ihr Kind zu haben, und diese möchte sie auf gar keinen Fall verlieren. Außerdem ist sie davon überzeugt, dass ihre Erziehung die einzig wahre ist und sie niemals davon abweichen würde. Fehler gesteht sich eine narzisstische Mutter nicht ein, und wenn sie selbst ihre Fehler erkennt, versucht sie, diese zu überspielen und davon abzulenken. Meistens schafft sie es sogar, die Situation so zu drehen, dass das Kind oder eine andere Person die alleinige Schuld trägt. In ihrer Vorstellung ist sie die perfekte, aufopfernde Mutter, welche den Respekt des Kindes verdient. **Sie setzt auf den autoritären Erziehungsstil, welcher geprägt ist von den folgenden Merkmalen:**

- *Anweisungen und Befehle sind an der Tagesordnung. Das Kind darf sich diesen nicht widersetzen.*
- *Wünsche des Kindes werden nur akzeptiert, wenn diese den Vorstellungen der eigenen Mutter entsprechen und kaum davon abweichen.*

- *Wenn das Kind sich gegen die eigene Mutter stellt oder von ihren Vorstellungen abweicht, muss es Konsequenzen befürchten. Diese können sich durch Strafen, Tadel und Zurechtweisungen äußern, in schlimmen Fällen sogar durch Gewalt.*
- *Sie übt einen hohen Druck auf das Kind aus und stellt hohe Anforderungen in nahezu jedem Lebensbereich.*
- *Die Mutter verhält sich unberechenbar und das Kind weiß nie, womit es rechnen kann oder woran es bei ihr ist. Somit lebt es in einem Zustand von andauernder Unsicherheit und Angst.*
- *Entscheidungen werden ausschließlich von der Mutter getroffen und das Kind hat kein Mitspracherecht.*
- *Die Mutter versucht durch Drohungen, manipulatives Verhalten und Einschüchterungen das Kind in die angestrebte Richtung zu weisen. Sachliche Gespräche sind kaum möglich, da sie selbst keine Kritik einstecken kann.*
- *Das Kind hat keine Möglichkeit, seinen freien Willen zu entfalten, da die Mutter davon überzeugt ist, dass es ohne sie und ihre Führung in der Welt nicht bestehen kann.*
- *Sie geht mit ihrem Kind nicht liebevoll und herzlich um. Der Tonfall in der Erziehung ist durchweg kalt und rau.*
- *Regeln und Anweisungen werden von der Mutter nicht erläutert, sondern einfach festgelegt und durchgesetzt.*
- *Das Kind wird von der Mutter ständig kritisiert und bewertet.*
- *Verhält sich das Kind entgegen der aufgestellten Regeln, wird nicht die Ursache ergründet und ein klärendes Gespräch gesucht. Vielmehr verschärft die Mutter ihre Regeln*

drastisch. Dabei stößt sie das Kind vor den Kopf und nimmt seine Gefühlswelt nicht ernst.

- *Dabei sind Mutter und Kind auffallend stark emotional voneinander distanziert. Es besteht keine engere Bindung*

Viele dieser Punkte trafen ebenfalls auf meine Mutter zu. So kann ich mich nicht daran erinnern, dass sie mir jemals ein nettes Wort zugeflüstert hätte oder mich so akzeptierte, wie ich nun mal war. Vielmehr erteilte sie mir Befehle und scheuchte mich herum wie ein Dienstmädchen. Wenn sie eine Aufgabe für mich bereithielt, durfte ich mich dieser nicht widersetzen, etwa weil ich Hausaufgaben machen musste oder mich mit Freundinnen treffen wollte. Für sie waren meine Wünsche und Bedürfnisse nicht existent. Es zählte allein ihr Seelenheil und dafür musste ich unzählige Verabredungen und sogar wichtige Termine sausen lassen. Bevor ich in die Pubertät kam, hatte sie es leicht, mich zu manipulieren, da ich nicht verstand, welche Reaktion welche Wirkung hervorrufen würde. Das änderte sich, als ich zunehmend älter wurde. Im Nachhinein betrachtet offenbarte sie mir nie ihre Gefühle oder zeigte Schwäche. Sie war stets darum bemüht, ihre Fassade aufrechtzuerhalten, und doch ahnte ich, dass sie sich selbst etwas vormachte. Als Teenager begann ich, besonders viel zu hinterfragen, und akzeptierte nicht jede Regel, die sie mir auferlegte. Dieses Verhalten war ihr natürlich ein Dorn im Auge und sie schikanierte mich, wo sie nur konnte. Selbst vor meinen Freunden behandelte sie mich wie ein kleines unmündiges Kind. Dadurch wuchs in mir der Wunsch nach Freiheit umso mehr. Für sie war die Erziehung selbst im Erwachsenenalter noch nicht abgeschlossen und so kam es sehr oft zu Machtdemonstrationen ihrerseits.

Sie konnte sich nicht damit abfinden, dass ich nun erwachsen war und auf eigenen Beinen stand. Sie redete alles schlecht und hielt mich immer noch für ein kleines Kind, das ohne seine Mutter nicht lebensfähig war. So griff sie regelmäßig auf ihren autoritären Erziehungsstil zurück, obwohl ich schon längst erwachsen war.

ERSCHEINUNGSFORMEN DES NARZISSTISCHEN MISSBRAUCHS

Narzisstische Mütter weisen oft ähnliche Verhaltensmuster auf und der emotionale Missbrauch wird durch verschiedenste Strategien ausgelebt. Hierbei gehen wir noch einmal genauer auf die Formen des narzisstischen Missbrauchs ein, die eine Mutter in der Erziehung ihres Kindes nutzt. Dabei gibt es verschiedene Erscheinungsformen, die in unterschiedlicher Intensität praktiziert werden. Auf jeden Fall führen all diese Punkte zu seelischen Schäden und können ein Kind traumatisieren und extrem verängstigen. Äußerst problematisch ist dieser Zustand, weil der Mutter nicht bewusst ist, was sie in der Seele des Kindes anrichtet. Für sie gibt es keinen anderen Weg, ihr Kind zu erziehen, und sie ist absolut davon überzeugt, korrekt zu handeln. Mit fragwürdigen Methoden bringt sie das Kind dazu, ihr hörig zu sein.

IGNORIEREN

Ein häufiges Verhalten der narzisstischen Mutter ist das Ignorieren des Kindes, seiner Bedürfnisse, seiner Wünsche und seiner Persönlichkeit. Entweder besteht tatsächlich kein Interesse an dem Kind oder aber sie nimmt das Kind wahr, stuft seine Belange jedoch nicht als wichtig ein. Hierbei kann es sogar sein, dass die Mutter selbst nicht für Emotionalität empfänglich ist und deshalb die Gefühle des Kindes nicht richtig deuten kann. Die Bindung zum Kind ist kaum bis gar nicht vorhanden und verschlechtert sich tagtäglich. Dies führt zu einer emotionalen Distanz bis hin zu einer unsichtbaren Barriere. Das Kind fühlt sich weder angenommen noch wertgeschätzt. Weitere Methoden der Mutter sind unter anderem:

- *Wichtige Ereignisse und Fortschritte des Kindes werden nicht beachtet oder herabgestuft.*
- *Sie schenkt ihm keine Aufmerksamkeit in Bezug auf schulische Leistungen, Interessen oder Ähnliches.*
- *Das soziale Verhalten des Kindes wird vollkommen ignoriert. Häufig kennt die Mutter den Freundeskreis des Kindes nicht oder ist über seine Freundschaften und Beziehungen nicht informiert.*
- *Sie möchte sich nicht mit ihrem Kind befassen und weigert sich zudem, das Kind in irgendeiner Weise zu unterstützen.*
- *Das Kind wird bei Planungen oder Entscheidungen nicht miteinbezogen.*

- *Die Mutter hat Schwierigkeiten, ihr eigenes Kind als Nachwuchs anzuerkennen, und sieht es eher als Fremdkörper.*
- *Unter anderem kann es zu einer Verweigerung der Fürsorgepflicht kommen. Dabei legt die Mutter keinen Wert auf Hygiene, Gesundheitsversorgung oder die Sicherheit ihres Kindes. Sie fühlt sich nicht in der Verantwortung und vernachlässigt so ihr Kind.*
- *Im Alltag wird das Kind nicht miteinbezogen. Seine Meinung und seine Erscheinung sind unerwünscht.*
- *Sie schützt ihr Kind nicht vor Gefahren und lässt es buchstäblich ins Messer laufen. Sie ist davon überzeugt, dass ihr Kind eigene Erfahrungen sammeln muss und erspart ihm keine negativen Situationen.*

TERRORISIEREN

Beschimpfungen und Drohungen gehören für eine narzisstische Mutter zur Erziehung. Dabei lässt sie keine Möglichkeit aus, um ihr Kind zu kritisieren oder es zu verspotten. Der Umgang mit dem eigenen Kind ist weder liebevoll noch umsichtig. Niemals würde sie nachgeben und einen Kompromiss eingehen. Dies würde für eine narzisstische Mutter eine Niederlage darstellen und diese möchte sie unbedingt vermeiden. Daher fügt sie ihrem Kind lieber seelische Schäden zu, anstatt einmal zurückzustecken. Zeigt das Kind seine Gefühle, wird es von ihr sofort ausgebremst und bestraft. Hinzu kommen noch andere fragwürdige Methoden:

- *Das Kind wird erschreckt, angeschrien oder beleidigt. Auch übertriebenes Necken ist keine Seltenheit.*
- *Die Mutter reagiert extrem auf das Verhalten des Kindes. Sie neigt zu Wutausbrüchen und unkontrolliertem Verhalten.*
- *Sie zerstört das Eigentum des Kindes oder droht damit, ihm dieses wegzunehmen. Auch kann sie das Kind zu Handlungen zwingen, welche nicht im Verhältnis zur Sache stehen.*
- *Sie sorgt mit regelmäßigem Psychoterror dafür, dass ihr Kind verängstigt ist und sich deshalb fügt. Nicht selten verwirrt sie das Kind, damit es den Eindruck bekommt, etwas stimme nicht mit ihm.*
- *Außerdem droht sie damit, ihr Kind auf die Straße zu setzen, und zeigt ihm unmissverständlich, dass es unerwünscht ist.*
- *Vor Freunden und Familie verspottet sie ihr Kind oder stellt es in der Öffentlichkeit bloß.*
- *Häufig ändert sie die Regeln, wie es ihr gerade passt. Das Kind weiß somit nie genau, was zu tun ist, um seine Mutter zufriedenzustellen.*
- *In extremen Fällen kann es zu Gewalteinwirkungen oder sogar zu sexuellem Missbrauch kommen.*

ISOLATION

Aktivitäten mit gleichaltrigen Kindern sind für eine narzisstische Mutter weitestgehend tabu. Das Kind soll sich möglichst nur mit sich selbst oder mit der Mutter beschäftigen. Auch ein Treffen mit anderen Müttern lehnt sie kategorisch ab. Dabei isoliert sie das Kind von seiner Umwelt und verweigert ihm so die Freiheit. Dadurch erlernt das Kind keine sozialen Kompetenzen und ist im Umgang mit anderen Kindern scheu und zurückhaltend. Aber nicht nur in Bezug auf andere Kinder und Mütter führt sie diese Methoden durch, sondern häufig auch bei Verwandten und Freunden, sofern diese überhaupt vorhanden sind. Der emotionale Missbrauch, welcher hierbei stattfindet, wirkt sich katastrophal auf die Entwicklung des Kindes aus. Ohne Stimulation oder äußere Reize befindet sich das Kind in einer sehr gefährlichen Situation, da es schon im Kindesalter zu depressiven Phasen kommen kann. Soziale Kontakte sind entscheidend für die Intelligenz des Kindes und sorgen dafür, dass ein Kind sich weiterentwickeln kann. So kann es allerdings passieren, dass keine Fortschritte in der kindlichen Entwicklung zu verzeichnen sind. Es kann sogar zu einem Rückschritt kommen. Beispielsweise können Kinder, welche trocken waren, plötzlich in ihrem Verhalten wieder zurückfallen und einnässen. Kinder, die gut sprechen lernen, verfallen wieder in die Babysprache oder nehmen Verhaltensmuster eines jüngeren Kindes an. So ist es äußerst gefährlich, ein Kind einzusperren oder es dazu zu bringen, nach der Schule sein Zimmer nicht mehr zu verlassen. Kinder brauchen Bewegung, Natur und Kontakte zu anderen Kindern. Sie müssen sich entfalten können. Sorgt die Mutter dafür, dass diese Bedürfnisse konsequent boykottiert werden, ist mit psychischen Schäden beim Kind zu rechnen. Auch die folgenden Methoden sind mehr als bedenklich:

- *Die Mutter lässt ihr Kind unbeaufsichtigt und dies sogar für einen längeren Zeitraum.*

- *Sie verbietet ihm, Freundschaften zu schließen oder sich mit Freunden zu treffen. Außerdem versucht sie, das Kind davon abzuhalten, mit anderen Kindern zu interagieren.*
- *Damit ihr Kind von anderen nicht akzeptiert wird, sorgt sie dafür, dass es bestimmte Verhaltensweisen an den Tag legt und verändert sogar sein Aussehen zum Negativen.*
- *Hausarbeit und Schulaufgaben werden dem Kind im erhöhten Maße aufgetragen. Dadurch hat es gar keinen Spielraum mehr für anderweitige Aktivitäten.*
- *Die narzisstische Mutter schreckt nicht vor Bestrafung zurück, wenn das Kind nur ganz gewöhnliche soziale Kontakte wahrgenommen hat.*

ZURÜCKWEISUNG

Ablehnung ist etwas, was das Kind sehr häufig durch die eigene Mutter erfährt, wenn sie narzisstisch ist. Dabei lässt sie keine Möglichkeit aus, ihm zu zeigen, dass es eigentlich nicht in das Leben der Mutter hineinpasst. Ohne das Kind wäre sie schließlich viel besser dran und sie hätte nicht so viel Arbeit mit der Mutterrolle. Diese Zurückweisung wird meist absichtlich noch betont. Das Kind wird in seiner Persönlichkeit, seinem Denken und Handeln herabgesetzt und zusätzlich noch für seine Schwächen schikaniert. Die Mutter neigt oft dazu, ihr Kind mit der Vorstellung des Verlassenwerdens zu konfrontieren, indem sie ihm regelmäßig ins Gedächtnis ruft, sie könne jederzeit gehen. Hierdurch entstehen beim Kind immense Verlustängste und es klammert sich umso mehr an seine Mutter. Das verschafft der narzisstischen

Mutter Genugtuung und sie verschlimmert diesen Zustand mit ihren Aussagen noch mehr. Dabei gibt es noch andere Arten, wie sie das Selbstwertgefühl des Kindes ruiniert:

- *Für jede Kleinigkeit kritisiert sie ihr Kind und duldet keine Fehler.*
- *Um das Kind besonders bloßzustellen, vergibt sie unpassende Namen und nutzt diese besonders gern vor anderen Personen, beispielsweise vor Freunden des Kindes oder dessen Schwarm.*
- *Sie vermittelt ihm, dass Äußerlichkeiten eine große Rolle spielen, und treibt es dazu, entsprechende Aspekte an sich zu verändern. Dabei redet sie ihrem Kind ein, es sei hässlich und abstoßend.*
- *Selbst in unbedeutenden Situationen schreit sie ihr Kind an oder legt ein diffamierendes Verhalten an den Tag.*
- *Nicht unüblich ist es für die narzisstische Mutter zudem, ihr Kind mit Schimpfwörtern zu überschütten. Sie demütigt es, indem sie diese ständig wiederholt und das sogar im Beisein anderer Personen.*
- *Das Kind erhält keine körperliche Zuwendung. Die Mutter lehnt jeglichen Körperkontakt ab und sie vermeidet liebevolle Gesten, wo sie nur kann.*
- *Sie bedauert das Geschlecht des Kindes und gibt ihm zu verstehen, dass es als Mädchen/Junge ungewollt ist.*

- *Sexuelle Neigungen, welche sich im Teenageralter offenbaren, werden nicht toleriert, wenn sie nicht den Vorstellungen der Mutter entsprechen.*
- *Sie behandelt ihr Kind sogar als Jugendlichen oder Erwachsenen nicht altersentsprechend. Für sie ist ihr Kind niemals erwachsen und bedarf weiterhin ihrer Führung.*
- *Wenn es zu Konflikten kommt, ist sie sogar bereit, ihr eigenes Kind aus der Familie zu vertreiben.*

VERDERBEN

So absurd es klingen mag, aber die narzisstische Mutter kann ihr Kind sogar zu Handlungen anstiften, die unangemessen oder sogar strafbar sein können. So kann sie ihr Kind zum Drogen- oder Alkoholkonsum verleiten und es auf die schiefe Bahn bringen. Ihre Beweggründe sind alles andere als verantwortungsvoll und es kann ihr sogar Freude bereiten zu sehen, wie ihr eigenes Kind sein Leben zerstört. Dabei setzt sie es bewusst allen erdenklichen Gefahren aus und fördert unter anderem kriminelle Aktivitäten, Diebstahl, sadistisches Verhalten, unangemessene sexuelle Handlungen sowie unzählige weitere schädliche Dinge, die für das Kind kaum begreifbar sind. Weitere missbräuchliche Handlungen sind.

- *Die Mutter fordert ihr Kind auf, andere Kinder zu mobben und bloßzustellen. Dafür bekommt das Kind sogar eine Belohnung zugesprochen.*
- *Sie vermittelt ihm rassistische und ethnische Ideologien,*

welche von starken Vorurteilen geprägt sind.

- *Das Kind wird zum Lügen, Stehlen und zur Gewalt animiert. Hierfür wird wieder eine Belohnung in Aussicht gestellt.*
- *Die Mutter behandelt das Thema „Sexualität" in übertriebenem Maße und sorgt durch Medien und sexuelle Darstellungen für eine intensive Konfrontation damit.*
- *Sie versorgt ihr Kind mit illegalen Substanzen, Drogen, Alkohol oder anderen schädlichen Suchtmitteln. Darüber hinaus fördert sie jegliche illegalen Aktionen und bestärkt ihr Kind darin.*

MANIPULATION UND AUSBEUTUNG

Es kommt sehr oft vor, dass die Mutter das eigene Kind emotional manipuliert, es zu bestimmten Handlungen zwingt oder zu hohe Erwartungen stellt. Die Ausbeutung des eigenen Kindes ruft in ihr keinerlei Schuldgefühle hervor und sie fühlt sich vielmehr noch in ihren Ansichten bestätigt, wenn das Kind scheitert. Für das Kind sind die Folgen der Manipulation verheerend, da es keinen eigenen Willen entwickeln kann und sich stets nach anderen Menschen richten wird. So wird es zum Spielball der eigenen Mutter und handelt nach ihren Maßstäben. Des Weiteren zeigt sich die Manipulation in folgenden Punkten:

- *Sie verbietet jegliche Emotionen und das Kind muss seine Gefühle unterdrücken. Wenn es weint, redet sie ihm ein, dass es sich nicht gehört zu weinen. Kinder dürfen in ihren Augen keine Gefühle zeigen, sondern müssen funktionieren.*

- *Hat das Kind in der Entwicklung keine Fortschritte gemacht, wird sie von ihrer Wut überwältigt. Diese lässt sie natürlich am Kind aus.*
- *Die Rollenverteilung von Mutter und Kind verschiebt sich. Sie erwartet vom Kind, dass es für sie Lösungen sucht und ihr beisteht. Sie ist jedoch nicht in der Lage, sich wie eine Mutter um das Kind zu kümmern. Dabei wird dem Kind ein hohes Maß an Verantwortung auferlegt, an dem es verständlicherweise verzweifelt.*
- *Häufig muss das Kind auf das Geschwisterkind aufpassen und trägt die volle Verantwortung. Besonders problematisch ist dieses Vorgehen bei sehr jungen Kindern, die auf einen Säugling oder ein Kleinkind aufpassen sollen. Dass die Mutter hier ihre Fürsorgepflicht verletzt, ist ihr entweder nicht bewusst oder egal.*
- *Gern wird das Fehlverhalten des Geschwisterkindes auf das andere Kind projiziert.*
- *Die Mutter überträgt ihrem Kind eine übertriebene Menge an häuslichen Tätigkeiten. Sie nutzt ihr Kind als billige Arbeitskraft und kostet die freie Zeit für sich aus.*
- *Sie erwartet von ihrem Kind, dass es selbstverständlich einen finanziellen Beitrag leistet. Dabei ist es ihr egal, wenn ihr Kind eigentlich noch viel zu jung ist oder später selbst finanzielle Schwierigkeiten hat. Es muss die Mutter unterstützen, und wenn es sich weigert, wird es als Schmarotzer oder undankbar betitelt.*

Viele dieser Verhaltensweisen und Einstellungen können bei einer narzisstischen Mutter in Erscheinung treten, müssen es jedoch nicht. Meine Mutter war damals eine abgeschwächte Form dessen, was ich Ihnen hier beschrieben habe. Teilweise gab es auch Züge in gewisse Richtungen, gegen die ich mich vehement gewehrt habe. Dadurch musste ich viele Strafen über mich ergehen lassen, aber dennoch hatte ich mein Gesicht gewahrt. Ich möchte hier nicht auf jedes einzelne Detail eingehen, denn das würde den Rahmen sprengen. Aber ich kann fast alle Punkte der Manipulation, Zurückweisung, Isolation und des Ignorierens bestätigen. Die Punkte „Verderben" und „Terrorisieren" traten bei mir nur vereinzelt in Erscheinung. Ich musste glücklicherweise keine körperliche Gewalt ertragen und auch sexuellen Missbrauch habe ich nie erfahren. Einzig und allein die psychische Gewalt beziehungsweise der emotionale Missbrauch zog sich wie ein roter Faden durch mein Leben. Ich kann verstehen, wenn es für Sie nicht leicht ist, hier die einzelnen Handlungen zu lesen, und auch ich habe mich beim Verfassen dieses Ratgebers etwas schwergetan. Doch wenn wir das Kind beim Namen nennen wollen, müssen wir die Skrupellosigkeit des Narzissmus anerkennen. Daher möchte ich Ihnen nochmals sagen, dass Sie mit Ihren Erfahrungen nicht allein sind, denn es gibt noch andere Menschen, denen es genauso geht wie Ihnen. Wir fokussieren uns jetzt in den weiteren Kapiteln ausschließlich auf die Heilung Ihrer seelischen Wunden und auf einen erfolgreichen Neuanfang.

Der Umgang mit einer NARZISSTISCHEN MUTTER

Dieses Kapitel richtet sich eher an die Zeit nach Ihrer Kindheit und das spätere Erwachsenenleben. Während der Kindheit war Ihnen natürlich nicht bewusst, dass bei Ihrer eigenen Mutter eine narzisstische Persönlichkeitsstörung vorliegt. Das Verhalten Ihrer Mutter war in Ihren Augen ganz normaler Alltag, weil Sie es nicht anders kannten. Erst mit Eintritt in die Pubertät haben Sie wahrscheinlich realisiert, dass etwas mit Ihrer Mutter nicht stimmte. Und selbst dann konnten Sie noch keine Strategie entwickeln, um mit ihren Verhaltensweisen umzugehen, da Ihnen das Hintergrundwissen fehlte. Sie haben viel erlebt und sicherlich hätte Ihnen mit der einen oder anderen Strategie einiges erspart werden können, doch es ist nie zu spät, um einen Neuanfang zu wagen. Zunächst einmal müssen Sie Ihre Mutter genau analysieren und erkennen, wie sie sich in bestimmten Situationen verhält. Dann können Sie diesem Verhalten entgegensteuern und sich vor den narzisstischen Phasen schützen. Des Weiteren

müssen Sie sich genau überlegen, ob Sie das Verhältnis zu Ihrer Mutter aufrechterhalten möchten, und wenn ja, was Sie sich konkret darunter vorstellen. Entschließen Sie sich dazu, den Kontakt endgültig abzubrechen, dann sollten Sie konsequent und entschlossen vorgehen. Narzissten haben die Fähigkeit, Schuldgefühle zu wecken, und genau dies wird Ihre Mutter ebenfalls bei Ihnen versuchen. Also gehen Sie möglichst alle Szenarien durch, damit Sie vorbereitet sind. Gehen wir einmal davon aus, dass Sie sich mit Ihrer Mutter arrangieren möchten und es nicht für Sie infrage kommt, getrennte Wege zu gehen. Dann ist es ratsam, dass Sie wissen, wie Sie mit Ihrer narzisstischen Mutter umgehen sollten.

1

Wenn Sie sich in einem Gespräch mit Ihrer Mutter befinden, geben Sie nicht sofort alles preis, sondern überlegen Sie genau, welche Informationen Sie an sie weitergeben möchten. Sie wird diese sonst in einem passenden Moment gegen Sie verwenden.

2

Drehen Sie den Spieß um und hinterfragen Sie alle Erzählungen bis ins kleinste Detail. Wenn Ihre Mutter ehrlich zu Ihnen ist, wird sie damit kein Problem haben. Ist sie es allerdings nicht, steigt die Wahrscheinlichkeit, dass sie sich in Unstimmigkeiten verstrickt und irgendwann verplappert.

3

Bereiten Sie sich auf Stimmungsschwankungen und Konflikte vor. Wenn Sie schon im Vorfeld wissen, wie Ihre Mutter reagieren könnte, haben Sie die Möglichkeit, sich entsprechende Maßnahmen zurechtzulegen. Sie geraten nicht aus dem Konzept und bleiben in solchen Momenten gelassener. Noch dazu müssen Sie sich auf starke Emotionen einstellen, wenn Sie scharfe Kritik üben. Narzissten hassen es, kritisiert zu werden, und neigen zu Überreaktionen. Trainieren Sie daher eine verdeckte Taktik und verpacken Sie Ihre Argumente geschickt. Ihre Mutter wird sich dann nicht direkt angegriffen fühlen und Sie geraten nicht in ihre Schusslinie.

4

Was Sie auch erzählen, Ihre Mutter schafft es stets aufs Neue, Ihnen die Wörter im Mund herumzudrehen. Gewöhnen Sie sich daher daran, klare Äußerungen und Informationen, die wenig Spielraum für Interpretationen lassen, weiterzugeben. Ein Beispiel wäre: „Wir wissen nicht, ob wir in den Urlaub fahren, aber im Moment geht es uns finanziell nicht so gut. Außerdem streiten wir uns momentan zu oft. Ich denke, wir bleiben lieber zu Hause.“ Sie könnten den Satz kürzen und alle unnötigen Informationen entfernen. Besser wäre hier: „Wir fahren nicht in den Urlaub. Wir genießen die Zeit zu Hause.“ Damit halten Sie Ihre finanzielle Situation unter Verschluss und müssen keine privaten Details preisgeben. Schließlich ist es Ihr Leben und Sie möchten ja nicht, dass sich Ihre narzisstische Mutter wieder in dieses einmischt. Daher halten Sie sie bei negativen Informationen auf Abstand und erzählen nur positive Dinge.

5

Lernen Sie, Ihre Emotionen zu beherrschen. Dies erfordert etwas Übung und kann natürlich nicht von heute auf morgen umgesetzt werden. Es wird Ihnen helfen, unpassende Bemerkungen und Sticheleien einfach zu überhören, anstatt darauf einzugehen. Sie ersparen sich dadurch kräftezehrende Streitereien. Zudem geben Sie Ihrer Mutter keine Chance, Ihre Schwachstelle zu finden. Treten Sie selbstbewusst auf und lassen Sie sich in keiner Weise auf ihre Spielchen ein. Damit schonen Sie Ihre Nerven und Ihre Mutter wird irgendwann aufgeben, Sie verbal anzugreifen.

6

Möchten Sie die Hilfe Ihrer Mutter in Anspruch nehmen, sollten Sie direkt und freundlich darum bitten. Erzeugen Sie keinesfalls Druck und versuchen Sie nicht, mit Vorwürfen Ihre Mutter zum Handeln zu bewegen. Dies wird bei einem Narzissten nicht funktionieren.

7

Erwarten Sie nicht zu viel von Ihrer narzisstischen Mutter. Eingeständnisse und Entschuldigungen werden Sie wahrscheinlich niemals von ihr erhalten, da sie sich von jeglicher Schuld freispricht. Sie können aber Streitigkeiten vorbeugen oder diese vorzeitig beenden, wenn Sie merken, dass Sie nicht weiterkommen. Bestenfalls ignorieren Sie ihre Gefühlsausbrüche und konzentrieren sich wieder auf das Wesentliche. Geben Sie ihr außerdem klar zu verstehen, dass Sie sich nicht auf weitere Konflikte einlassen werden und Sie das Thema nun beenden werden.

8

Ziehen Sie sich nicht in ein Schneckenhaus zurück oder lassen jedes Verhalten Ihrer Mutter durchgehen. Weisen Sie sie auf Ihr Fehlverhalten hin, aber bleiben Sie dabei sachlich. Wird Ihre Mutter ausfallend oder droht sie zu explodieren, vertagen Sie das Gespräch auf einen anderen Zeitpunkt. Geben Sie ihr Zeit, sich zu sammeln, aber lassen Sie das Thema nicht ruhen, wenn es Ihnen wichtig ist. Notfalls überlegen Sie sich, wie Sie mit Ihrer Mutter darüber sprechen möchten. Eine neutrale Person kann sich in einem Krisengespräch als sehr hilfreich erweisen, da sie zwischen Ihnen vermitteln kann.

Endlich LOSLASSEN!

Glauben Sie mir, es gibt einen Ausweg aus Ihrer Situation – selbst wenn Sie tagtäglich mit sich zu kämpfen haben. Ich habe lange gedacht, dass die Tyrannei meiner Mutter mich ans Lebensende quälen wird. Doch ich habe irgendwann einen Schlussstrich gezogen und mich von ihrem Narzissmus befreit. Der Wendepunkt kam, als ich mit meinem damaligen Freund zusammenziehen wollte und ich meiner Mutter ganz stolz die frohe Botschaft verkündete. Noch dazu hatte er mir einen Heiratsantrag gemacht und ich hielt ihr freudestrahlend den Ring entgegen. Sie war überhaupt nicht begeistert und drängte mich dazu, meine Entscheidung lieber noch einmal zu überdenken. Immerhin hätte ich ja keine Zukunftsperspektive und mein damaliger Freund ebenso wenig. Wir beide befanden uns in einem festen Job und verdienten unser eigenes Geld. Zu diesem Zeitpunkt waren wir schon drei Jahre fest zusammen, doch sie mochte meinen Freund, wie so viele andere davor, natürlich überhaupt nicht. Sie beschimpfte mich als schlechte Tochter, die ihre Mutter im Stich lassen würde, und warf mir vor, undankbar zu sein. An meinem Freund ließ sie ebenfalls kein gutes Haar und stellte Vermutungen an, er würde mir fremdgehen. Ich stand zwischen den Stühlen und wollte meine Mutter einerseits nicht vor den Kopf stoßen, andererseits wollte ich meinen Freund auch nicht verlieren. Er würde es nicht verstehen, wenn ich diesen gemeinsamen Schritt nicht wagte. Ich entschied mich also gegen meine Mutter, denn er hatte mich bestärkt, mich von meiner Mutter nicht länger manipulieren zu lassen, sondern meine eigenen Entscheidungen zu treffen. Dafür bin ich ihm noch heute dankbar, auch wenn wir seit langem kein Paar mehr sind. Sie traute mir nie etwas zu und versuchte stets, mir alles auszureden. Schlagartig wurde mir klar, dass sie mir mein Glück nicht gönnte und alles daransetzte, mich vom Gegenteil zu überzeugen. Doch dies war mein Leben und ich war alt genug, um dieses selbst zu gestalten. Irgendwann werden Sie ebenfalls an einen Punkt gelangen, an dem Sie einen Ausweg sehen. Sie müssen ihn nur rechtzeitig erkennen, bevor es zu spät ist.

GEFÜHLE

Ihre Emotionen können Ihnen bei der Heilung Ihrer Seele sehr im Weg stehen. Natürlich können Sie diese nicht so einfach einsperren und vergessen, aber Sie können lernen, negative Gefühle langsam loszulassen. Es ist sogar gesünder, wenn Sie Ihre Gefühle nicht unterdrücken, sondern diese bewusst erleben. Das hat den Vorteil, dass Sie besser mit Ihrer Vergangenheit abschließen können. Entscheidend ist, sich nicht von seinen Gefühlen beherrschen zu lassen. Sie können diese nicht einfach auslöschen, aber es ist möglich, sie zu beeinflussen. Mit ein bisschen Übung können Sie es schaffen, Ihre Denkweise zu verändern, denn dies bewirkt eine positive Grundhaltung.

1

Lassen Sie alle Emotionen, egal, wie schmerzhaft sie sind, zu. Sie müssen sich erst mit Ihrem Schmerz befassen, bevor Sie ihn loslassen können. Andernfalls wächst in Ihnen ein unkontrollierbarer Ballast, der sich explosionsartig entladen kann.

2

Jedes Gefühl hat seine Daseinsberechtigung und ist nicht ohne Grund vorhanden. Suchen Sie nach der Ursache und durchleben Sie alle entsprechenden Ereignisse noch einmal. Sie werden sicherlich Schwierigkeiten mit dieser Aufgabe haben, aber wenn

Sie wissen, weshalb Sie sich so fühlen, können Sie Ihre Gefühle annehmen.

3

Nun folgt das Akzeptieren Ihrer Gefühle. Sie sind existent und nun müssen Sie sich überlegen, wie Sie mit ihnen verfahren möchten. Versinken Sie in Selbstmitleid, wird Ihnen dies wenig helfen und nur schlaflose Nächte bescheren. Lernen Sie, sie zu akzeptieren, können sie nicht mehr von Ihnen Besitz ergreifen.

4

Der letzte Schritt ist, dass Sie negativen Gefühlen, sobald diese in Ihnen aufflammen, durch eine positive Einstellung entgegenwirken. Lassen Sie sich nicht mehr herunterziehen und betrachten Sie Ihre Erfahrungen als Geschenk, denn diese haben Sie stärker werden lassen.

NEUES LEBEN MIT NEUEM UMFELD

Ein kompletter Lebenswandel kann manchmal der einzige Ausweg sein, um den tief sitzenden Kummer zu bekämpfen, den Ihnen Ihre Mutter mit auf den Weg gegeben hat. Dabei spielt unter anderem die zukünftige Beziehung zu Ihrer Mutter eine tragende Rolle. Haben Sie sich für einen Kontaktabbruch entschieden, ist Distanz ein hilfreicher Faktor, um aus der Opferrolle herauszufinden. Vielleicht würde Ihnen eine Auszeit vom Alltag guttun oder sogar der Umzug in eine völlig neue Umgebung. Es ist leichter, einen Neuanfang zu wagen, wenn Sie sich nur auf sich selbst konzentrieren und auf Ihre innere Stimme hören. Sich vom alten Leben räumlich zu trennen, kann Sie wieder neu beflügeln und Ihnen neuen Mut geben. Dabei sollten Sie keine Rücksicht auf andere Menschen nehmen, die Ihnen Ihr Vorhaben ausreden möchten. Denn allein Sie und Ihre Psyche sind im Moment wichtig und brauchen eine spezielle Sonderbehandlung und Heilung von den jahrelangen Strapazen mit Ihrer narzisstischen Mutter. Auch neue Bekanntschaften können Balsam für Ihre Seele sein. Knüpfen Sie neue Kontakte und genießen Sie Konversationen, die Ihnen nicht schaden und noch dazu Spaß machen. Schnell werden Sie merken, wie Ihr Selbstbewusstsein durch ein erweitertes Sozialleben zunimmt.

1

Wenn Sie sich für einen Ortswechsel entschieden haben, dann sehen Sie dem positiv entgegen. Sie sind in der neuen Heimat nicht bekannt und können von vorn beginnen. Die Distanz zur Mutter ist dabei ein weiterer Pluspunkt, der Sie wieder zur Ruhe kommen lässt. Sie haben so viele Möglichkeiten, um neue Freundschaften zu schließen, einen neuen Job anzunehmen, neue Tagesstrukturen festzulegen oder einfach den neuen Wohnort zu erkunden. Sie können Ihr Leben jetzt in die Hand nehmen und es ganz nach Ihren Wünschen und Vorstellungen gestalten. Beweisen Sie Mut und blühen Sie neu auf.

2

Gestalten Sie Ihren persönlichen Rückzugsort zu Hause. Oder suchen Sie sich einen Ort außerhalb, an dem Sie wieder Kräfte sammeln können. Neue Eindrücke helfen Ihnen gegen depressive Verstimmungen und sorgen für Abwechslung in Ihrem Leben. Legen Sie besonders viel Wert auf Ihr Zuhause. Wenn Sie sich in Ihrem neuen Heim wohlfühlen, kann der Neustart problemlos vonstattengehen.

3

Kümmern Sie sich darum, dass Ihnen in der neuen Umgebung nicht die Orientierung fehlt. Unwissenheit und Orientierungslosigkeit in einer neuen Umgebung sind die häufigsten Gründe für die Unsicherheit, die wir haben, wenn wir umziehen. Erkunden Sie also Ihren zukünftigen Wohnort und befassen Sie sich bereits damit, bevor Sie den Umzug wagen.

4

Nehmen Sie Freizeitangebote wahr und suchen Sie sich neue Bekanntschaften. Bauen Sie sich ein soziales Netzwerk auf, damit Sie sich in Ihrer neuen Umgebung angenommen fühlen. Neue Kontakte finden Sie überall, wo das Leben tobt. Etwa in Bars, Clubs, Restaurants, Sportvereinen oder Hobbygruppen. Auch eine ehrenamtliche Tätigkeit kann Sie erfüllen und zusätzlich lernen Sie dabei neue Menschen kennen. Ebenso können Sie sich auf Social Media vernetzen. Hier können Ihnen Orts- und Interessengruppen dabei helfen, neue Kontakte zu knüpfen.

5

Wenn Sie keinen Umzug in Erwägung ziehen, kann ein längerer Urlaub ebenso gut dafür sorgen, sich selbst zu finden. Nehmen Sie sich genügend Zeit und erkunden Sie fremde Kulturen und Länder. Ziehen Sie umher und begeben Sie sich auf Ihre ganz persönliche Reise. So können Sie viele neue Menschen kennenlernen und ganz neue Erfahrungen sammeln.

KONTAKTABBRUCH ZUR EIGENEN MUTTER – JA ODER NEIN?

Die wohl schwierigste Entscheidung kann Ihnen niemand abnehmen. Möchten Sie trotz aller Ereignisse weiterhin Kontakt zu Ihrer Mutter halten oder ist Ihr Verhältnis so sehr zerrüttet, dass ein Kontaktabbruch die einzige Möglichkeit ist? Jeder Mensch hat nur eine Mutter und diese sollte im Normalfall das eigene Kind unterstützen und lieben. Doch was sollten Sie tun, wenn Ihre Mutter nicht in die Norm passt? Wenn Sie Ihnen das Leben zur Hölle gemacht hat und noch dazu keine Reue verspürt. Sie wissen, dass Sie Ihre Mutter von ganzem Herzen lieben, auch wenn Sie vielleicht zum jetzigen Zeitpunkt eine tiefe Abneigung verspüren. Diese Emotionen würden Sie jedoch gar nicht verspüren, wenn Ihnen ein Mensch vollkommen egal wäre. Daher ist es ja so schwierig, einen Schlussstrich zu ziehen und die eigene Mutter abzuweisen. Weil Sie immer noch ein Teil von Ihnen ist und es auch immer sein wird. Es liegt an Ihrer Einstellung und an Ihrer Bereitschaft zu vergeben. Für diese Entscheidung sollten Sie sich genügend Bedenkzeit geben, und sobald Sie die richtige Wahl für sich getroffen haben, müssen Sie sich nicht dafür rechtfertigen. Verzeihen Sie Ihrer narzisstischen Mutter, zeigen Sie wahre Größe und stärken Sie Ihre Resilienz.

Entscheiden Sie sich für Distanz, schützen Sie Ihre Seele vor zukünftigem Narzissmus und beweisen Sie Mut, einen so schweren Schritt zu gehen. Beide Optionen sind richtig, solange Sie sich damit besser fühlen. In manchen Fällen ist es sinnvoll, sich von seiner narzisstischen Mutter zu lösen. Etwa wenn das Trauma der Kindheit zu intensiv war und es zu körperlicher und seelischer Gewalt kam. Aber ebenso dann, wenn Sie keinen Sinn mehr in dem Fortbestand der Mutter-Kind-Beziehung sehen. Dies kann sich zum Beispiel durch ein Gefühl der ständigen Ohnmacht manifestieren ebenso wie durch depressive Phasen.

So lösen Sie sich endgültig von Ihrer narzisstischen Mutter:

Sie sind nicht abhängig von Ihrer Mutter. Dies war einzig in Ihrer Kindheit der Fall und deswegen sollten Sie sich ab sofort auf Ihr eigenes Leben konzentrieren. Sie sind für Ihr Glück verantwortlich und niemand sonst. Machen Sie sich nicht zu einer Marionette und stehen Sie hinter Ihren Entscheidungen.

1

Konzentrieren Sie sich auf die Selbstliebe: Erst wenn Sie bereit sind, sich so anzunehmen, wie Sie sind, haben Narzissten bei Ihnen kaum noch eine Chance. Selbst Ihre Mutter hat dann keine Möglichkeit mehr, Sie anzugreifen, weil Sie gelernt haben, wie wertvoll Sie sind.

2

Erfahrungsgemäß ist ein kurzer schneller Kontaktabbruch sinnvoller als eine längere Prozedur. Denn so zieht sich das Ganze hin und Sie werden sich womöglich noch einmal umentscheiden, weil Ihre Mutter Sie umstimmen möchte. Sagen Sie Ihr deutlich, wie es in Ihnen aussieht und dass Sie diese Beziehung nicht mehr weiterführen möchten.

3

Selbst wenn Sie der Schmerz wieder einholt, müssen Sie standhaft bleiben. Rudern Sie zurück, zeigen Sie nur Inkonsequenz, welche für Ihre Mutter nur ein weiterer Grund sein wird, um Sie bloßzustellen. Versuchen Sie, sich abzulenken, und legen Sie den Fokus in schwachen Momenten auf sich selbst.

VORBEREITUNG AUF DIE REAKTION DER MUTTER

Zugegeben, Sie können nicht exakt vorhersagen, wie letztendlich die Reaktion Ihrer Mutter ausfallen wird. Haben Sie sich dazu entschieden, den Kontakt abzubrechen, wird sie sicherlich mit allen Mitteln versuchen, Sie daran zu hindern. Natürlich kenne ich Ihre Mutter nicht persönlich und daher wissen allein Sie, wie Ihre Mutter in manchen Situationen reagiert und agiert. Sie müssen sich in jedem Falle auf eine heftige Auseinandersetzung einstellen. Denn Narzissten können nichts ohne ein großes Drama abschließen. Sie tun gut daran, sich mit den vergangenen Handlungen Ihrer Mutter zu beschäftigen. Was regt sie besonders auf? In welchen Situationen fühlt sie sich wie in die Ecke gedrängt? An welchem Punkt ist der letzte Streit eskaliert? Und gibt es etwas, was Ihre Mutter wieder zur Vernunft bringt? Vielleicht eine außenstehende Person, die Ihnen beistehen und das Geschehen etwas abmildern kann? Überlegen Sie also, wie Sie sich auf ein klärendes Gespräch mit Ihrer Mutter vorbereiten möchten. Gibt es Themen, die Sie selbst aus der Fassung bringen? Und sehen Sie eine Möglichkeit, sich einen verbalen Schlachtplan bereitzulegen? Bedenken Sie allerdings, dass Sie versuchen sollten, den Konflikt friedlich zu lösen.

Das bedeutet, Sie müssen während des gesamten Gesprächs an Ihre guten Absichten denken und dürfen sich nicht von Ihrer Mutter manipulieren lassen. Das ist sicherlich nicht einfach, da sie genügend Tricks auf Lager haben wird, um Sie zu beeinflussen. Schließlich kennt sie Sie in- und auswendig. Doch genau darin müssen Sie auch Ihre Stärke sehen: Denn wenn Sie nicht so handeln, wie es Ihre Mutter erwartet, dann haben Sie gute Chancen, sich von ihr zu lösen. Nachfolgend gebe ich Ihnen noch ein paar Tipps mit auf den Weg, um den Schritt in die Unabhängigkeit zu wagen:

1

Bleiben Sie stets ruhig und besonnen. Das ist im Gespräch mit Ihrer Mutter besonders wichtig. Lassen Sie sich auf keinerlei Provokationen ein und vermitteln Sie ohne viel Emotion Ihren Entschluss. Es gilt: Hören Sie Ihrer Mutter zu und bewerten Sie ihr Verhalten nicht. Sie wird höchstwahrscheinlich eine unangemessene Reaktion zeigen, die Sie jedoch auf keinen Fall auf sich beziehen sollten. Hier geht es nämlich einzig und allein um den gekränkten Stolz Ihrer Mutter. Und mit diesem muss sie selbst klarkommen. Sie tragen daran keine Schuld. Versuchen Sie, möglichst freundlich, aber zugleich resolut zu wirken.

2

Geben Sie nicht zu viele Informationen preis. Das bedeutet, erzählen Sie ihr nicht, wo Sie sich in Zukunft aufhalten werden und was Ihre Pläne sind. Dadurch bieten Sie ihr keine Angriffsfläche und Details, die sie später gegen Sie verwenden kann. Zudem sollten Sie sich mit Ihren Gefühlen zurückhalten. Diese könnte sie als Schwäche deuten und dann ganz schnell gegen Sie schießen. Je weniger sie von Ihnen weiß, desto besser.

3

Geben Sie ihr klar zu verstehen, dass sich Ihr Leben von jetzt an schlagartig ändern wird. Sie treffen Ihre eigenen Entscheidungen und das muss sie akzeptieren, ob sie das will oder nicht. Jetzt sind Sie am Zug und müssen an sich selbst denken. Reden Sie nicht lange um den heißen Brei herum, sondern formulieren Sie Ihre Meinung in kurzen und verständlichen Sätzen.

4

Lassen Sie sich nicht zu Anschuldigungen hinreißen. Das wird Ihre Mutter schon für Sie übernehmen. Lassen Sie die Vergangenheit ruhen, aber zeigen Sie ihr unmissverständlich, dass Sie genug von ihr haben. Am besten gelingt das, wenn Sie die Vorwürfe Ihrer Mutter ignorieren und sich auf den sachlichen Inhalt Ihrer Botschaft konzentrieren. Anstatt zu sagen „Du hast mir das Leben zur Hölle gemacht und deswegen möchte ich den Kontakt zu Dir abbrechen“, könnten Sie sagen: „Ich möchte keinen Kontakt mehr zu Dir haben. Ich habe mit unserer Beziehung abgeschlossen.“ So vermeiden Sie, dass Ihre Mutter alles auf sich bezieht und sich angegriffen fühlt.

5

Üben Sie Ihre Kommunikation und Ihre Körpersprache vor dem Gespräch und probieren Sie verschiedene Reaktionen aus. Welche wirken deeskalierend und weniger aggressiv? Wenn Sie vorbereitet sind, werden Sie weniger zu Kurzschlussreaktionen neigen und behalten die Oberhand.

6

Bleiben Sie ehrlich und beantworten Sie die Fragen Ihrer Mutter wahrheitsgemäß. Möchten Sie etwas verschweigen, ist das vollkommen in Ordnung, aber lügen Sie auf keinen Fall. Ihre Mutter hat das Recht darauf, dass man respektvoll mit ihr umgeht, selbst wenn dies für sie selbst ein Fremdwort darstellt.

7

Droht die Situation zu eskalieren, beenden Sie das Gespräch sofort und vertagen Sie es auf einen anderen Zeitpunkt. Alles andere würde ausschließlich dazu führen, dass Sie sich von ihr manipulieren lassen und Ihre Entscheidung überdenken – eben weil sie sich selbst in den Mittelpunkt stellt und vorgibt, das Opfer zu sein. Lassen Sie auf keinen Fall Schuldgefühle zu, welche sowieso bezüglich Ihrer Situation absurd wären, denn dann hat sie wieder die Chance, in Ihren Kopf einzudringen.

8

Ich empfehle Ihnen, eine neutrale Person hinzuzuziehen. Dies bewirkt zum einen eine entspanntere Atmosphäre und zum anderen wird sich Ihre Mutter zusammenreißen wollen. Schließlich möchte sie sich vor anderen Menschen keine Blöße geben. Außerdem kann diese Person in das Geschehen eingreifen und schlichten, falls die Stimmung zu sehr überkocht. Das kann zum Beispiel ein Therapeut sein oder aber eine Person, zu der Sie eine intensive Bindung pflegen. Wichtig ist, dass diese Person nicht involviert war, denn Sie brauchen jemanden, der sich auf keine der beiden Seiten schlägt. Das reduziert bei Ihrer Mutter das Gefühl einer Bedrohung, wodurch sie vielleicht etwas umgänglicher wird.

Das 90-TAGE-SELBSTHILFEPROGRAMM FÜR BETROFFENE

Ohne ein Ziel oder einen Plan ist es schwierig, sein Leben umzustrukturieren. Ich habe Ihnen daher ein Programm zusammengestellt, welches Ihnen dabei hilft, aus Ihrem jetzigen Trott aus Selbstmitleid und Scham herauszufinden. Meist steht einem das eigene Mindset im Weg und dieses müssen Sie von Grund auf neu programmieren. Nur so können Sie mit der Vergangenheit abschließen und Frieden mit Ihrer verletzten Kinderseele schließen. Darüber hinaus brauchen Sie eine grobe Richtlinie, wie Sie mit Ihrer Mutter verfahren möchten, denn dies ist wichtig, um nicht wieder in alte Muster zu verfallen. Mit dem 90-Tage-Selbsthilfeprogramm werden Sie Ihre Selbstachtung und Ihr Selbstvertrauen wiederherstellen und noch dazu gestärkt und selbstbewusst kommenden Krisen trotzen. Ich erkläre Ihnen zunächst die grundlegenden Vorgehensweisen, und am Ende des Kapitels erhalten Sie einen konkreten Plan für den Wiederaufbau Ihrer Psyche. Hier gibt es natürlich viel Spielraum und Sie können selbst entscheiden, wann Sie sich welchen Punkt vornehmen. Die Hauptsache ist, dass Sie konsequent alle Punkte abarbeiten, selbst wenn es Ihnen im ersten Moment schwerfällt. Nun wünsche ich Ihnen viel Erfolg bei der Umsetzung und viel Kraft für Ihren Weg hinaus aus dem Narzissmus Ihrer Mutter.

TRAUMA ÜBERWINDEN – VERGANGENHEIT AKZEPTIEREN & ABSCHLIESSEN

Es liegt an Ihnen, Ihr Trauma so gut wie möglich zu verarbeiten. Wenn Sie darauf warten, dass sich dies von allein erledigt, werden Sie vergeblich auf ein Wunder warten. Sie müssen selbst aktiv werden, um Ihre Erfahrungen aufzuarbeiten und zusätzlich Ihre Resilienz zu stärken. Die folgenden Punkte sind enorm wichtig für Ihren Erfolg und Ihr persönliches Glück.

AKZEPTIEREN SIE IHRE VERGANGENHEIT

Schließen Sie die Augen und durchleben Sie Ihre Vergangenheit ganz bewusst und bis ins kleinste Detail. Nehmen Sie sich dafür die Zeit, die Sie benötigen. Obwohl es teilweise sehr schmerzhaft für Sie sein kann, alle Erfahrungen noch einmal zu erleben, ist dieser Schritt notwendig. Erst dann können Sie mit Ihrer Vergangenheit abschließen und diese akzeptieren. Das, was geschehen ist, können Sie nicht mehr rückgängig machen, aber Sie können stolz auf sich sein, alles überstanden zu haben. Wenn Sie jeden Tag mit Selbstmitleid verschwenden, dann verpassen Sie die schönen Momente in Ihrem Leben, und das wäre doch zu schade. Konzentrieren Sie sich auf die Zukunft und erfreuen Sie sich an den Möglichkeiten und Überraschungen, die Ihr Leben für Sie bereithält. Sie können zusätzlich ein kleines Ritual praktizieren, um mit Ihrer Vergangenheit abzuschließen: Schreiben Sie Ihre Gedanken in ein Notizbuch und verbrennen Sie es anschließend. Sie können es natürlich genauso gut zerreißen und wegwerfen. Die Hauptsache ist, Sie lösen sich innerlich von Ihrer Last.

BEFREIEN SIE IHRE EMOTIONEN

Geben Sie Ihren Gefühlen genügend Freiraum und verstecken Sie sie nicht. Angestaute Emotionen sind häufig ein Grund für unkontrollierte Gefühlsausbrüche, die Sie nicht weiterbringen. Nehmen Sie sich vor, zu sich und ganz besonders zu Ihren Mitmenschen ehrlich zu sein. Fühlen Sie sich schlecht? Dann geben

Sie dies zu und sprechen Sie über Ihren Kummer. Hat Sie etwas verärgert, sprechen Sie diesen Punkt unbedingt an. Sonst zerbrechen Sie sich dauernd den Kopf, ohne zu einer Lösung zu gelangen. Noch dazu wissen Ihre Mitmenschen gar nicht, wie es in Ihnen aussieht. Sie können nur profitieren, indem Sie sich trauen, Ihre Gefühle zu befreien. Außerdem wird es Ihnen guttun, Ihre verschiedenen Emotionen zu entdecken. Dadurch lernen Sie sich selbst besser kennen und wissen dann genau, welche Stimmungen Sie in welchen Situationen erfahren. Hilfreich ist dies ebenfalls in Bezug auf narzisstische Persönlichkeiten: Denn wenn Sie Ihre Gefühle im Griff haben, bleiben Sie selbstsicher und bieten Narzissten keine Angriffsfläche.

KEINE SELBSTZWEIFEL MEHR

Dieser Punkt ist besonders essenziell für Ihr Selbstvertrauen. Lassen Sie sich auf keinen Fall verunsichern, sondern glauben Sie an sich selbst. Gerade in der Kindheit können sich Selbstzweifel ungebremst vermehren, weil Sie natürlich daran glauben, was Ihnen Ihre narzisstische Mutter erzählt. Doch jetzt müssen Sie dem entgegenwirken und endlich erkennen, wozu Sie fähig sind. Trauen Sie sich aus Ihrer Komfortzone und beginnen Sie, endlich zu leben. Riskieren Sie auch mal eine Niederlage. Wenn Sie dauernd einen Rückzieher machen, weil sie Angst vor Enttäuschungen haben, unterdrücken Sie sich selbst. Haben Sie eine Idee, die Sie schon immer mal in Angriff nehmen wollten, dann ist jetzt die Zeit gekommen, endlich etwas zu wagen. Hören Sie nicht auf andere Menschen, die Ihnen einreden wollen, wie unnötig Ihre Idee ist. Das ist sie erst, wenn Sie sie nicht verwirklichen. Sie können so vieles bewegen, wenn Sie nur an sich glauben.

OPTIMISMUS

Stellen Sie sich einen Tag vor, an dem Sie ausschließlich negative Gedanken haben. Wie verläuft dieser Tag? Mit Sicherheit werden Sie von Stunde zu Stunde gestresster und nichts kann Ihre Laune mehr heben. Nun denken Sie an einen gegensätzlichen Tag mit vielen positiven Gedanken. Welcher gefällt Ihnen besser? Genau hier müssen Sie ansetzen! Damit Sie sich nicht in einem Strudel voller pessimistischer Phrasen wiederfinden, verbannen Sie ab sofort alle negativen Gedanken. Pessimismus hat noch nie jemanden glücklich gemacht und warum sollten Sie Ihre Zukunft so negativ sehen? Zwingen Sie sich beim nächsten Mal zu einer positiven Sichtweise. Schon bald werden Sie merken, wie viel entspannter Sie sein werden und dass Sie sich sogar über Kleinigkeiten freuen können. Die Verabredung mit Ihrer besten Freundin fällt aus? Dann haben Sie genügend Zeit, um sich um Ihr Wohlbefinden zu kümmern. Ihre Mutter meldet sich kaum noch und erfindet ständig Ausreden, um nicht bei Ihnen vorbeizukommen? Dann bleiben Ihnen ihre Nörgeleien erspart und Sie haben mehr Zeit für Ihre Freunde. Worauf ich hinauswill, ist, dass es immer eine positive Seite gibt, auch wenn diese im ersten Moment nicht direkt erkennbar ist. Versuchen Sie mal einen ganzen Tag lang, jeden negativen Gedanken in einen positiven umzuwandeln. Danach fühlen Sie sich bestimmt besser und Ihnen wird auffallen, wie oft Sie pessimistisch denken.

KENNEN SIE IHRE STÄRKEN UND SCHWÄCHEN?

Haben Sie schon einmal darüber nachgedacht, welche Ihre Stärken sind? Bestimmt fallen Ihnen unzählige Schwächen ein, die Sie gern ändern würden. Doch überlegen Sie mal: Was macht Sie als Menschen aus und auf welche Fähigkeiten sind Sie besonders stolz? Zählen Sie mindestens zehn Eigenschaften auf, die Sie an sich positiv finden. Das kann Ihr Aussehen betreffen oder bestimmte Charaktereigenschaften. Es geht also darum zu erkennen, wie viel Potenzial in Ihnen steckt und dass Sie sich nicht kleiner machen sollten, als Sie sind.

LOSLASSEN BEFREIT

Misten Sie Ihr Leben von Grund auf aus. Sie starten so einen kompletten Neuanfang und werfen den alten Ballast über Bord. Nehmen Sie sich dabei jeden Bereich gründlich vor und befreien Sie sich gnadenlos von allem, was Ihnen Kummer bereitet oder Sie herunterzieht. Natürlich werden Sie diesen Punkt nicht an einem einzigen Tag abhaken können, doch Sie können sich für jeden Tag ein Thema vornehmen. Loslassen ist ein stetiger Prozess, den Sie immer im Blick behalten sollten. Es sammelt sich häufig vieles im Leben an, wovon Sie sich verabschieden sollten. Dazu gehören unter anderem soziale Kontakte, die Ihnen keinen Mehrwert bieten. Gibt es Menschen in Ihrem Umfeld, auf die Sie getrost verzichten können? Dann trauen Sie sich und ziehen Sie einen Schlussstrich. Sogenannte Krafträuber zehren an Ihren Nerven und werden durch ihr Verhalten zu einer Belastungsprobe. Hier ist meine Empfehlung, 1. welche Bereiche Sie sich auf 2. jeden Fall vornehmen sollten:

- *negative Erinnerungen, besonders in Form von Fotos und Erinnerungsstücken.*
- *Ihre Möbel und Einrichtungsgegenstände, besonders dann, wenn diese Sie an schlechte Zeiten erinnern.*
- *überflüssige Gegenstände, die womöglich noch doppelt vorhanden sind.*
- *die eigene Garderobe: Dies hilft besonders, wenn Sie Ihr Aussehen verändern möchten.*
- *negative Gedanken: Ab sofort dürfen nur noch positive Gedanken in Ihren Kopf einziehen.*
- *Streit: Lernen Sie zu verzeihen und lösen Sie sich von negativen Energien.*
- *Selbstzweifel.*

Ängste: Stellen Sie sich Ihrer Angst und gehen Sie einen Schritt auf diese zu. Dann fällt es Ihnen leichter, sie zu bekämpfen.

SEIEN SIE DANKBAR

Überlegen Sie einmal, wofür Sie in Ihrem Leben dankbar sind. Sind Sie sich Ihres Glücks bewusst oder vermissen Sie etwas in Ihrem Leben? Wenn Sie das Gefühl haben, es gebe nichts, wofür Sie dankbar sein sollten, denken Sie an eine vergangene Krise zurück. Was haben Sie sich damals gewünscht und was hat sich bis heute positiv verändert? Eine gute Übung ist es, andere Menschen zur Dankbarkeit zu befragen. Vielleicht finden Sie Übereinstimmungen, die Sie übernehmen können. Sie können zudem ein Dankbarkeitstagebuch führen, in das Sie jeden Tag eine oder mehrere vermeintliche Kleinigkeiten aufschreiben, für die Sie im Alltag dankbar waren. Bedanken Sie sich ebenfalls öfter bei Ihren Mitmenschen und drücken Sie so Ihre Wertschätzung aus. Es gibt Ihnen zusätzlich ein gutes Gefühl und verbessert noch dazu Ihre Beziehungen zu anderen Personen.

GÖNNEN SIE SICH RUHE

Besonders wenn Sie ein turbulentes Leben haben oder hinter sich lassen möchten, ist es von großer Bedeutung, sich regelmäßig Auszeiten zu nehmen. Denken Sie nicht daran, immer alles perfekt machen zu müssen, und übertreiben Sie es nicht mit der Disziplin. Ruhepausen sind kein Rückschlag, sondern verhelfen Ihnen wieder zu mehr Kraft. Sobald Sie Ihren Akku wieder aufgeladen haben, können Sie voller Elan durchstarten und weitermachen. Sie müssen dafür nicht unbedingt einen Wellnesstag einlegen oder Yoga praktizieren. Es genügt schon, wenn Sie einen Mittagsschlaf halten oder sich einfach genüsslich in Ihre Lieblingsecke kuscheln und nichts tun. Ihre Seele hat es verdient, zwischendurch zur Ruhe zu kommen, besonders dann, wenn Sie psychisch angeschlagen sind und Ihre Vergangenheit aufarbeiten müssen. Entschleunigung ist im Alltag ein essenzielles Thema. Nehmen Sie das Tempo raus und konzentrieren Sie sich allein auf eine Sache, anstatt hundert Aufgaben gleichzeitig zu erledigen. Sie sind dabei konzentrierter und lassen sich nicht so leicht verwirren. Wie oft ist es schon passiert, dass Sie alles auf einmal erledigen wollten und die Hälfte davon vergessen haben oder letztlich keine Zeit dafür hatten? So sollten Sie ebenfalls mit Ihrer Gefühlswelt umgehen. Kümmern Sie sich nicht direkt um alle Probleme gleichzeitig, sondern seien Sie bereits mit kleinen Fortschritten zufrieden. Und selbst wenn Sie Ihre Ziele nicht erreichen konnten, ist dies keine Schande. Morgen ist schließlich auch noch ein Tag. Wer gelassener durchs Leben geht, hat automatisch ein besseres Lebensgefühl.

PFLEGEN SIE IHRE KONTAKTE

Nichts ist bedeutsamer für einen Menschen als soziale Kontakte. Haben Sie bestimmte Bezugspersonen, auf die Sie sich zu jeder Zeit verlassen können, sorgen Sie für regelmäßigen Kontakt. Das stärkt Ihre Bindung zu den einzelnen Personen und Sie können sich über alles austauschen. Es ist sogar erwiesen, dass Kommunikation mit anderen Menschen unser Gehirn stimuliert und dafür sorgt, dass die Gehirnzellen gute Arbeit leisten. Außerdem gewinnen Sie im Austausch mit anderen neue Erkenntnisse und Anregungen, die für Ihr Leben hilfreich sein können. Interessante Gespräche beflügeln des Weiteren das Gemüt und können dazu beitragen, dass Sie besser über Ihre Gefühle sprechen können.

NEHMEN SIE HILFE AN

Wir Menschen möchten meist niemanden mit unseren Problemen belasten und so kommt es, dass wir auf uns allein gestellt sind. Dabei kann es sehr befreiend sein, um Hilfe zu bitten. Noch dazu schöpfen wir durch die Unterstützung von

Seiten anderer Menschen neuen Mut und Hoffnung. Scheuen Sie sich daher nicht davor, Hilfe anzunehmen. Es ist sogar von großer Bedeutung, diese einzufordern. Nur wenige Freunde oder Familien würden Ihre Mitmenschen im Stich lassen. Vielmehr möchten diese Personen helfen, damit Sie wieder glücklich werden. Immerhin liegen Sie ihnen am Herzen. Der Schritt, nach Hilfe zu fragen, ist das erste Mal wirklich ungewohnt und kann sich für Sie unangenehm anfühlen. Doch schnell werden Sie feststellen, wie richtig diese Entscheidung für Ihr späteres Leben sein wird. Mit gestärktem Rücken können Sie vergangene und zukünftige Krisen besser überstehen. Allein verliert man schnell die Kontrolle und gibt irgendwann auf. Mit dem Zuspruch anderer Personen trainieren Sie Ihr Durchhaltevermögen. Gibt es in Ihrem Umfeld niemanden, auf den Sie zurückgreifen können, holen Sie sich auf jeden Fall professionelle Hilfe. In diesem Fall haben Sie zusätzlich die Möglichkeit, Ursachenforschung zu betreiben und sich kompetente Ratschläge für Ihre Lebenssituation einzuholen.

ACHTSAMKEIT IN JEDER HINSICHT

Seien Sie ehrlich: Wie häufig betrachten Sie Ihre Umwelt und realisieren, was um Sie herum passiert? Häufig sind wir Menschen so mit unseren Sorgen und Problemen beschäftigt, dass wir alles andere aus den Augen verlieren. Vielleicht gibt es einen Menschen in Ihrem Umfeld, dem es zurzeit nicht sonderlich gut geht? Und Sie haben ihn kaum wahrgenommen, weil Sie nur an Ihren Kummer denken konnten? Oder ist Ihnen bewusst, wie wunderschön Ihr Tag werden kann, wenn Sie sich mit den kleinen Dingen des Lebens auseinandersetzen? Werden Sie neugierig und versuchen Sie, wie ein Kind die Welt zu erkunden. Dabei können Sie viel Neues lernen und Ihnen werden erstaunliche Dinge auffallen. Praktizieren Sie einen ganzen Tag lang Achtsamkeit und fangen Sie gleich morgens damit an. Wie riecht Ihre Bettwäsche? Wie schmeckt und duftet der Kaffee, den Sie jeden Morgen hastig in sich hineinschütten? Entschleunigen Sie Ihren Alltag und genießen Sie jeden Moment. Schnell werden Sie feststellen, wie viel Lebensqualität Sie ignoriert haben.

ZIELE UND TRÄUME

Selbst wenn es Ihnen an manchen Tagen schwerfällt, positiv in die Zukunft zu blicken, dürfen Sie die Hoffnung niemals aufgeben. Versuchen Sie, sich Ziele zu setzen, und beachten Sie dabei ebenfalls Ihre unerfüllten Träume. Was wünschen Sie sich von ganzem Herzen? Und wie können Sie diese Ziele am besten erreichen? Wenn Sie stets in den Tag hineinleben, dann werden Sie auf Dauer unglücklich und fühlen sich überflüssig. Geben Sie Ihrem Leben wieder einen Sinn und planen Sie, was Sie jeden Tag erreichen möchten. Dabei kann Ihnen ein Terminplaner helfen, in dem Sie Ihre Aufgaben und Fortschritte festhalten können. So sehen Sie immer, was Sie bis jetzt geschafft haben und woran Sie noch arbeiten sollten. Nebenbei können Ihnen sinnvolle Aufgaben dabei helfen, weniger über Ihre Vergangenheit nachzugrübeln. Denn wer keiner erfüllenden Beschäftigung nachgeht, gerät leicht in Versuchung, jeden Tag über sein Leben nachzudenken. Handeln Sie stattdessen und verfolgen Sie Ihre Ziele aktiv, so haben Sie Ihre Zeit sinnvoll investiert.

INDIVIDUALITÄT UND KREATIVITÄT FÖRDERN

Nehmen Sie sich Zeit für Ihre Interessen und planen Sie Tage ein, an denen Sie etwas für Ihren Geist tun. Pflegen Sie an diesen Tagen Ihre Hobbys oder verbringen Sie einen Tag bewusst mit Langeweile. Erst dann entsteht Kreativität und Sie kommen bestimmt auf grandiose Ideen. Heutzutage sind wir Menschen vollkommen überreizt und verlernen, kreativ und somit individuell zu sein. Das hat mit der Flut an Medien zu tun, die ungefiltert auf uns hereinprasseln. Dadurch fällt es uns schwer, unseren Gedanken zu folgen. Legen Sie deshalb eine mediale Pause ein und kümmern Sie sich um Ihre Kreativität. Schreiben Sie eine Geschichte, lesen Sie ein Buch, malen Sie ein Bild oder erschaffen Sie etwas ganz Neues. Wenn Sie plötzlich Lust darauf haben zu stricken oder neue Kochkünste zu erlernen, legen Sie los! Sie werden merken, wie es Sie erfüllt und Sie zusätzlich entspannt. Jeder Mensch muss sich in irgendeiner Form verwirklichen, und wenn dies nicht realisierbar ist, kann es zu Frustration und Stress kommen. Im Alltag können Sie außerdem viel mehr Wert auf Ihre Individualität legen: Verändern Sie beispielsweise Ihren Kleidungsstil oder probieren Sie eine neue Haarfarbe aus. Stellen Sie Ihre Ernährung um, halten Sie Ausschau nach neuen Interessengebieten und bleiben Sie stets neugierig. Sie erweitern damit Ihren Horizont und können außerdem Ihre Fähigkeiten ausbauen.

NEUE GEWOHNHEITEN ETABLIEREN

Stecken Sie jeden Tag im selben Gedankenkonstrukt und haben Sie aufgrund Ihrer prägenden Kindheit Schwierigkeiten damit, glücklich zu werden? Ich weiß, wie Sie sich fühlen, denn genau an diesem Punkt stand auch ich schon einmal. Ich wusste, dass sich etwas ändern musste und ich mich nicht mehr von meiner narzisstischen Mutter kontrollieren lassen durfte. Doch ich hatte Angst vor dem Ungewissen und traute mich anfangs nicht auszubrechen. Erst als ich erkannte, dass ich mein Leben in der Hand hatte, entwickelte ich für mich eine ganz besondere Strategie.

Situationen, die wir nicht kennen, werden meist gemieden oder mit Skepsis betrachtet. Doch dies muss nicht sein, denn Veränderungen können durchaus frischen Wind in Ihr Leben bringen – besonders dann, wenn Sie resignieren und die Hoffnung auf Besserung schon aufgegeben haben. Den Mut aufzubringen, sich von der eigenen Mutter zu lösen, aus einer verfahrenen Lebenssituation herauszutreten oder sich der Vergangenheit zu stellen, löst bei vielen Menschen Panik aus. Doch wie können Sie im Alltag Neuerungen einbringen, ohne dass Sie daran scheitern oder überfordert sind? Hierfür gibt es eine Lösung und die heißt Zeit! Es nützt nichts, unbedacht und überstürzt zu handeln, denn dann droht Ihnen ein Kontrollverlust. Sobald Sie neue Gewohnheiten in Ihr Leben bringen möchten, bedarf es einer längeren Zeitspanne, bis sich eine solche neue Angewohnheit etabliert hat. Sie müssen sich also in Geduld üben und dürfen nicht sofort aufgeben, wenn Ihr Fortschritt stagniert.

1

Am Anfang steht immer ein Ziel, welches in die Tat umgesetzt werden soll. Konzentrieren Sie sich stets auf ein Ziel und nicht auf mehrere gleichzeitig. Das könnte Sie sonst zu leicht überfordern. Hangeln Sie sich mit der Zeit von Ziel zu Ziel. Beispielsweise könnten Sie sich vornehmen, optimistischer in den Tag zu starten oder Probleme sofort anzusprechen, wenn sie auftauchen. Suchen Sie sich ein bestimmtes Ziel heraus, mit dem Sie starten möchten. Haben Sie Erfolge verbuchen können, fällt es Ihnen leichter, ein weiteres Ziel ins Visier zu nehmen.

2

Überwinden Sie Ihre Ausreden. Lassen Sie sich auf neue Ideen und Situationen ein, denn nur so können Sie auf Dauer alte Gewohnheiten und Verhaltensmuster ablegen. Werden Sie mutiger und trauen Sie sich mehr zu. Hat Sie Ihre narzisstische Mutter dazu gebracht, stets den Mund zu halten, ist es an der Zeit, sich aufzulehnen und Ihre eigenen Interessen zu vertreten. Sind Sie schüchtern und zurückhaltend, weil Sie sich Ihrer Mutter die ganze Zeit unterordnen mussten, haben Sie jetzt die Chance, aus sich herauszukommen. Sie werden sehen, dass sich Ihnen ganz neue Perspektiven bieten werden.

3

Verschieben Sie Ihre Ziele nicht auf morgen, sondern handeln Sie jetzt. Falls Sie bequem sind und vielleicht glauben, dass Sie sich irgendwann dazu aufraffen können, glauben Sie mir, so werden Sie es nicht schaffen.

4

Schreiben Sie sich alles auf, was Sie verändern möchten. Und wenn möglich, legen Sie einen detaillierten Zeitplan fest. Ein bisschen Druck kann Ihnen dabei helfen, konsequenter vorzugehen und Ihre Ziele nicht aus den Augen zu verlieren. Es hilft oftmals, kleine Zettel in der Wohnung zu verteilen, welche Sie ständig an Ihr Vorhaben erinnern.

5

Halten Sie Ihre Erfolge in einem Tagebuch fest. Ihnen ist es gelungen, sich nicht von Ihrer Mutter oder Ihren Mitmenschen manipulieren zu lassen? Bravo! Schreiben Sie jeden noch so kleinen Erfolg auf und nutzen Sie das Tagebuch für Ihre persönliche Motivation.

GLAUBENSSÄTZE AUFLÖSEN/AFFIRMATIONEN

Unser Unterbewusstsein beeinflusst unser Verhalten jeden Tag und sorgt dafür, dass tief verankerte Glaubenssätze uns die Richtung vorgeben. Dabei können negative Gedanken verheerende Folgen auf unser Gemüt haben, weil sie uns hemmen oder sogar zu falschen Entscheidungen drängen. Dadurch können Ängste entstehen, welche die völlige Kontrolle über das eigene Handeln übernehmen. Deshalb ist es enorm wichtig, diese negativen Gedanken nicht mehr an sich heranzulassen. Sie schaffen dies am besten, indem Sie Ihre Denkweise und Ihr Verhalten analysieren. In welchen Situationen fühlen Sie sich machtlos oder unbedeutend? Wie oft verfallen Sie in eine pessimistische Grundhaltung und welche sind Ihre häufigsten Denkmuster? Sobald Sie ein Muster erkannt haben, ist es leichter, dagegen vorzugehen und sich eine andere Sichtweise anzueignen. Schreiben Sie sich positive Gedanken auf und platzieren Sie diese gut sichtbar in Ihren eigenen vier Wänden. Oder nehmen Sie sich diesen Zettel als Motivation überall mit hin. Immer wenn Sie merken, dass der Pessimismus wieder zugeschlagen hat, holen Sie den Zettel hervor:

Er wird Sie an Ihre guten Absichten erinnern und optimistisch und positiv stimmen. Außerdem sollten Sie sich überlegen, wie Sie Ihr

Verhalten ändern können, damit Sie sich in Zukunft nicht mehr so leicht aus der Fassung bringen lassen. Das ist zum einen sehr hilfreich, wenn Sie wieder auf eine narzisstische Person treffen, zum anderen macht Sie diese Einstellung stärker und resistenter. Sie können sich zudem jederzeit positive Affirmationen aufsagen, diese sind Glaubenssätze, die Ihnen zu mehr Mut verhelfen. Affirmationen können kurze prägnante Sätze sein mit einer klaren Botschaft an Ihr eigenes Selbst.
Beispiele für Affirmationen:

ICH ALLEIN TRAGE AB JETZT DIE VERANTWORTUNG FÜR MEIN LEBEN

ICH BIN EINE STARKE PERSON.

SO WIE ICH BIN, BIN ICH PERFEKT.

ICH SCHÄTZE MICH SELBST.

ICH BIN GUT, SO WIE ICH BIN.

ICH WERDE MEIN ZIEL IM NÄCHSTEN MONAT ERREICHEN.

ICH TREFFE MEINE EIGENEN ENTSCHEIDUNGEN

ICH GESTALTE MEIN LEBEN, SO WIE ICH ES MÖCHTE

ICH MÖCHTE POSITIV DENKEN.

MEIN LEBEN HABE ICH IN DER HAND.

So oder so ähnlich können Affirmationen aussehen. Sie müssen prägnant und präzise sein, sonst haben Sie keinen Nutzen. Schwammige Formulierungen lassen zu viel Spielraum für Inkonsequenz. Deswegen überlegen Sie sich Sätze, die Ihnen eine klare Botschaft vermitteln. Streichen Sie das Wörtchen „aber" aus Ihrem Wortschatz und hinterfragen Sie Ihre eigenen Affirmationen nicht ständig. Zweifel zerstören Ihr Selbstbewusstsein und ebendieses möchten Sie ja gerade wiederaufbauen. Obwohl Ihnen von Ihrer Mutter andere Glaubenssätze eingeredet worden sind, sollten Sie diese schleunigst verbannen und durch positive ersetzen. Ich habe beispielsweise lange gebraucht, um meinen Selbstzweifeln den Kampf anzusagen. Doch durch permanente Wiederholungen meiner Glaubenssätze habe ich irgendwann selbst an sie geglaubt. Vorher saßen die Bemerkungen meiner Mutter tief: Ich sei eine Versagerin und würde es zu nichts bringen. Oder ich sei nicht in der Lage, einmal etwas richtig zu machen. Heute weiß ich, dass diese Aussagen ein Spiegel ihrer eigenen Identität waren und sie diese auf mich projiziert hat. Sie war schlichtweg mit ihrem eigenen Leben unzufrieden und wollte ihren Frust an mir auslassen. Was sie damit allerdings anrichtete, war, dass ich mich selbst nicht leiden konnte und kein Selbstvertrauen besaß. Dies konnte ich glücklicherweise durch gezielte Glaubenssätze verändern und jegliche negativen Gedanken über mich ausmerzen.

Heute weiß ich, dass mich damals keine Schuld traf, wie meine Mutter mit mir umging. Und jetzt im Erwachsenenalter habe ich es selbst in der Hand und kann bestimmen, wie mein Leben weitergehen soll. Und genauso sollten Sie ebenfalls denken. Machen Sie Ihre Mutter nicht für Ihr zukünftiges Handeln verantwortlich, sondern ändern Sie Ihre Sichtweise durch Affirmationen. Sie profitieren dann von einer positiven Selbstwahrnehmung und kommen Ihrem Glück jeden Tag ein Stück näher.

POSTTRAUMATISCHE BELASTUNGSSTÖRUNG BEHANDELN

Nach einem belastenden Ereignis kann der Körper mit einer posttraumatischen Belastungsstörung reagieren. Diese zeichnet sich durch sogenannte Rückblenden, auch Flashbacks genannt, aus. Dabei empfindet die betroffene Person starke Emotionen, welche mit Angst, Hilflosigkeit, Wut, Trauer, aber auch einem Kontrollverlust einhergehen. Die Ursachen liegen meist in traumatischen Erfahrungen, welche das Gehirn nicht vollständig verarbeitet hat. Es versucht, durch wiederauftretende Erinnerungen mit den Geschehnissen klarzukommen. Hierbei gibt es zwei verschiedene Typisierungen der posttraumatischen Belastungsstörung. Das Typ-I-Trauma wird durch einmalige Ereignisse, wie einen Unfall oder eine Naturgewalt, deren Verlauf man nicht vorhersehen kann, hervorgerufen.

Dabei entstehen bei den Betroffenen Ängste, die zu Vermeidungsstrategien führen können. Beispielsweise geraten sie in einen Autounfall und setzen danach nie wieder einen Fuß in ein

Auto. Oder sie haben einen Tsunami miterlebt und meiden ab sofort den Aufenthalt in küstennahen Regionen. Die Angst ist nicht unbedingt ein ständiger Begleiter, sondern flammt erst wieder auf, wenn die Betroffenen in ähnliche Situationen geraten oder diese befürchten. Erlebnisse, welche andauern und sich durch Wiederholung kennzeichnen, führen zu Typ-II-Traumata. Diese können besonders durch Menschenhand hervorgerufen werden. Hierzu zählen seelischer und körperlicher Missbrauch, sexueller Missbrauch, Gewalt oder Folter. Diese Form des Traumas ist besonders intensiv und schwerwiegend und kann bei Betroffenen dazu führen, dass ihr gesamter Alltag durch Panikattacken und Ängste beeinflusst wird. Suizidgedanken sind hierbei keine Seltenheit, Betroffenen fällt der Einstieg in die Normalität besonders schwer und dieser ist oft sogar ohne professionelle Hilfe kaum zu bewältigen. Damit Sie erkennen, ob bei Ihnen eine posttraumatische Belastungsstörung vorliegt, müssen Sie zunächst die jeweiligen Symptome bei sich beobachten. Hierzu zählen:

- *Schlafstörungen*
- *Panikattacken*
- *Schreckhaftigkeit*
- *Nervosität*
- *unerklärliche Ängste*
- *ein Gefühl ständiger Bedrohung*
- *unkontrollierte und wiederkehrende Flashbacks*
- *Engegefühl in der Brust mit Atemnot*
- *anhaltende Traurigkeit bis hin zu Depressionen*
- *plötzliche körperliche Beschwerden ohne jegliche Ursache*
- *Das Risiko, im Falle einer posttraumatischen Belastungsstörung auf Alkohol und Drogen zurückzugreifen, ist sehr hoch,*

da Betroffene ihren Kummer möglichst schnell betäuben möchten. Sind Betroffene nicht dazu in der Lage, diese Belastungsstörung zu überwinden, kann dadurch eine drastische Persönlichkeitsveränderung hervorgerufen werden. Nicht jeder Mensch muss durch ein traumatisches Erlebnis eine posttraumatische Belastungsstörung erleiden. Je jünger man zu dem Zeitpunkt des Ereignisses war, desto höher ist das Risiko, an ebendieser zu erkranken. Um geeignete Maßnahmen zu ergreifen, ist die Ursachenforschung von essenzieller Wichtigkeit. Dabei rate ich Ihnen, nicht allein dagegen anzugehen, sondern mit therapeutischer Hilfe das Ganze zu analysieren und Lösungsansätze zu erforschen.

ANGST UND PANIKATTACKEN BEKÄMPFEN

Opfer von häuslicher Gewalt oder emotionalem Missbrauch haben oft mit Folgeschäden zu kämpfen. Durch das destruktive und verletzende Verhalten der narzisstischen Mutter können beim Kind Angst und Panikattacken entstehen. Meistens sind sie die Folge von traumatischen und schwerwiegenden Erlebnissen aus der Kindheit. Aber auch durch fehlende Mutterliebe und Ablehnung seitens der Mutter wird das Selbstbewusstsein des Kindes so stark angegriffen, dass es sich manchen Situationen nicht mehr gewachsen fühlt.

Kommen dann noch unvorhersehbare Zustände hinzu, etwa Mobbing in der Schule, der Tod einer geliebten Bezugsperson oder Gewalt durch Außenstehende, kann dies das Risiko, eine Angststörung zu entwickeln, erhöhen. Sogar im späteren Leben können sich diese Ängste entwickeln und intensivieren. Es gibt stets eine Ursache, die zunächst abgeklärt werden muss. Hierbei empfehle ich Ihnen, Ihre Ängste nicht auf eigene Faust zu bekämpfen, sondern professionelle Hilfe in Anspruch zu nehmen. Nicht in jedem Falle ist die direkte Konfrontation mit den Ängsten sinnvoll, denn das kann dann sogar zu einer Verstärkung der Symptome führen. Gerade wenn diese Panikattacken urplötzlich auftreten und kein erkennbarer Grund dafür vorliegt, müssen Sie die Ursache abklären lassen. Eine Therapie wirkt unterstützend und kann Ihnen sogar die Möglichkeit geben, sich selbst besser kennenzulernen. Oft entsteht der Eindruck, man wäre schwach, wenn man einen Therapeuten zurate zieht, doch genau das Gegenteil ist der Fall. Indem Sie sich Hilfe holen, zeigen Sie, dass Sie sich verantwortungsvoll um sich selbst kümmern möchten. Zusätzlich gebe ich Ihnen nun ein paar Tipps, wie Sie im Alltag mit Panikattacken und dergleichen umgehen können. Dies wird Ihnen dabei helfen, sich nicht auf Ihre Ängste zu versteifen und sich schnell wieder zu entspannen. Aber es gilt: Diese Ratschläge dienen lediglich als Erste-Hilfe-Maßnahmen und ersetzen keine ärztliche Behandlung!

1

Sobald Sie merken, wie die Panik in Ihnen hochsteigt, versuchen Sie, mit Atemübungen entgegenzusteuern. Das bedeutet, Sie konzentrieren sich auf den eigenen Atem und versuchen, so tief wie möglich ein- und auszuatmen. Sie können zum Beispiel die 4-6-8-Regel befolgen: Sie atmen vier Sekunden lang ein, halten Ihren Atem für sechs Sekunden an und lassen die Luft acht Sekunden lang entweichen. Dies wiederholen Sie so oft, bis sich Ihr Körper sichtlich beruhigt hat.

2

Verharren Sie nicht in der sogenannten Schockstarre, denn Panik verleitet uns Menschen dazu, unbeweglich zu werden. Bewegen Sie sich sofort und wechseln Sie die Position Ihres Körpers, wenn möglich, mehrmals hintereinander. Auch kurze Gymnastikeinheiten können Sie wieder auf Kurs bringen. Diese Übung hilft ganz besonders gegen Panikattacken: Stellen Sie sich barfuß hin und pressen Sie die Fußsohlen fest in den Boden. Spannen Sie den gesamten Körper an und stemmen dabei die Hände in die Hüften. Atmen Sie ruhig und gleichmäßig weiter. Schütteln Sie alle Glieder aus und wiederholen Sie die Übung mehrmals. Konzentration auf andere Dinge hilft dabei, Panikattacken entgegenzuwirken, weil Sie den Fokus auf etwas anderes legen als die Angst. Sie

3

können ebenso Ihre Lieblingsmusik auflegen und „sich freitanzen“, oder vielleicht helfen Ihnen auch sportliche Einheiten dabei, die Anspannung in Ihrem Inneren zu lösen. Probieren Sie es einfach aus und legen Sie sich eine persönliche Strategie gegen zukünftige Panikattacken zurecht.

4

Überkommt Sie die Panik unterwegs, kann ein Lieblingsobjekt Sie wieder zur Ruhe bringen. Dies kann ein kleines Kuscheltier, ein schöner Stein oder eine Kette sein, die Sie mit den Fingern bearbeiten. Entscheidend ist, dass Sie ein immer gleichbleibendes Ritual einführen, damit Ihr Gehirn weiß, sobald Sie den Gegenstand hervorholen, kann der Entspannungsprozess einsetzen. Dies erfordert etwas Übung und am Anfang dauert es etwas länger, bis die gewünschte Wirkung eintritt. Aber nach und nach wird es Ihnen leichter fallen, bis Sie diesen Gegenstand irgendwann nicht mehr benötigen.

5

Trinken Sie genügend Wasser. Im Körper kommt es meist zu einer Überreaktion, wenn er dehydriert ist. Daher kann ein Glas Wasser sofort dafür sorgen, dass Sie wieder ruhiger werden. Um einer Dehydrierung vorzubeugen, sollten Sie darauf achten, mindestens zwei Liter Wasser pro Tag zu sich zu nehmen.

6

Ein guter Tipp ist noch, Gegenstände zu zählen oder zu sortieren. Hierbei spielt wieder die Konzentration auf andere Dinge eine maßgebliche Rolle. Diese Ablenkung des Gehirns führt dazu, aufkommende Panik zu unterdrücken.

EMOTIONALE UNABHÄNGIGKEIT ERLANGEN DURCH MEHR EIGENSTÄNDIGKEIT

Solange Sie zurückdenken können, hat Sie die Abhängigkeit von Ihrer narzisstischen Mutter geprägt. Besonders als Kind und Teenager war dieser Zustand allgegenwärtig und Sie hatten kaum eine Möglichkeit, aus dieser Abhängigkeit zu entfliehen. Sei es, weil Sie es sich nicht vorstellen konnten, auf eigenen Beinen zu stehen, oder weil Sie schlichtweg keine Perspektive vor Augen hatten. Zum einen hat dies sehr stark mit der eigenen Wahrnehmung zu tun und mit der Angst, im späteren Leben zu versagen. Zum anderen hat Ihnen Ihre Mutter auch jede Entscheidung abgenommen, sodass Sie gar keine Möglichkeit bekamen, um sich zu entfalten. Fehlendes Selbstvertrauen beim Kind entwickelt sich durch die ständige Bevormundung und Kontrolle seitens der narzisstischen Mutter. Abwertendes Verhalten sowie Herabsetzungen verstärken diesen Prozess noch zusätzlich – so sehr, dass Sie als Erwachsener fest davon überzeugt sind, nicht für sich selbst sorgen zu können. Ihre Mutter hat Sie jahrelang manipuliert und Sie im Glauben gelassen, Sie müssten sich von ihr oder von einem anderen Menschen abhängig machen lassen.

Diese emotionale Unabhängigkeit sorgt in zukünftigen Beziehungen für andauernden Zündstoff. Sie neigen dann unter anderem dazu, sich von Ihrem Partner oder von Ihren Freunden emotional wie auch körperlich abhängig zu machen. Dies kann so weit gehen, dass Sie irgendwann ohne Hilfe Ihren Alltag nicht mehr stemmen können, eben weil Sie es nicht anders gelernt haben. Lange habe ich selbst gedacht, ich würde ohne meine Mutter nicht lebensfähig sein. Dabei war sie es, die ohne jemanden nicht in dieser Welt bestehen konnte, weil sie permanente Bestätigung brauchte und ich die einzige Person war, die ihr diese verschaffte. Als Kind sieht man seine Eltern natürlich als Oberhaupt an und dementsprechend ordnet man sich unter. In einer gesunden Mutter-Kind-Beziehung ist dies gar nicht verwerflich, weil beide Seiten Kompromisse eingehen und sich gegenseitig akzeptieren. Hier spielen die Faktoren „Zuneigung" und „Mutterliebe" wieder eine tragende Rolle. Ein Kind, welches sich sicher und geborgen fühlt, schenkt der eigenen Mutter wiederum Aufmerksamkeit und bedingungslose Liebe. Das ist es, was diese Beziehung so wunderbar macht. Fehlen diese Faktoren jedoch, gleicht diese Beziehung einer Diktatur und das Kind fühlt sich wie ein Sklave, der Befehle befolgt. Gibt die Mutter ihrem Kind zudem keinen Freiraum und bestimmt jede noch so kleine Handlung, wird das Kind unselbstständig und macht sich unbewusst emotional abhängig. Schließlich wäre es ohne die Hilfe der Mutter völlig verloren. Und auch ich habe so gedacht. Meine emotionale Abhängigkeit trieb mich in den Wahnsinn, weil ich mir nichts zutraute. Ständig hatte ich die Stimme meiner Mutter im Kopf, die mir zuflüsterte, ich sei ohne sie ein Nichts. Ich müsste dankbar dafür sein, dass sie mir überhaupt das Leben geschenkt hatte, und ohne sie wäre ich gar nicht so weit gekommen. Das nagte natürlich an meinem Selbstwertgefühl und ich kam mir vor wie ein Schmarotzer. Doch ich hatte nie die Chance bekommen, mich zu verwirklichen, und daher war es besonders schwierig, mich von meiner Mutter abzunabeln. Obwohl ich mir nichts sehnlicher wünschte, als ein unabhängiger Mensch zu sein, hatte ich nicht den Mut, mich von ihr zu lösen. Wenn Ihnen diese Denkweise bekannt vorkommt, kann ich Sie nur dazu ermutigen, diesen Schritt zu wagen, egal, welche Niederlage auch auf Sie warten mag. Sie lernen aus Ihren eigenen Fehlern und können anhand dieser wachsen und sich weiterentwickeln. Wie Sie das schaffen können, verrate ich Ihnen gern.

Geben Sie niemandem die Macht, über Ihren Kopf hinweg zu entscheiden. Das Handeln und Denken anderer Menschen, ganz besonders das Ihrer narzisstischen Mutter, darf auf keinen Fall eine übermäßige Bedeutung in Ihrem Leben bekommen. Sie denken sonst ständig daran, wie Sie für Ihr Handeln verurteilt oder verspottet werden. Auch wenn es für Sie zunächst unangenehm ist, sich gegen jemandes Meinung zu stellen, benötigen Sie diesen Konflikt, um Ihre eigene Persönlichkeit zu festigen. Fragen Sie sich jedes Mal, ob Sie aus freien Stücken handeln und Ihre persönliche Meinung vertreten. Lassen Sie sich nicht manipulieren, sondern denken Sie lieber etwas länger über eine Entscheidung nach. Hauptsache, diese kommt von Ihnen.

1

Finden Sie die Ursache für Ihre Abhängigkeit. Weshalb sind Sie so unselbstständig und wieso gelingt es Ihnen nicht, etwas daran zu ändern? Ist es Bequemlichkeit? Oder spielt sogar die Angst vor dem Ungewissen eine größere Rolle? Haben Sie vielleicht kein Vertrauen in sich und Ihre Fähigkeiten? Oder fühlen Sie sich Ihrer Mutter gegenüber verpflichtet, obwohl Sie es in ihrer Nähe kaum noch ertragen? Sobald Sie die Gründe kennen, ist es leichter, eine Lösung zu finden.

2

Die Akzeptanz der jetzigen Situation kann Ihnen dabei helfen, Ihre Probleme in die Hand zu nehmen und sie nicht aufzuschieben. Fakt ist, dass es so nicht weitergehen kann, Sie haben aber unzählige Möglichkeiten, gegen die emotionale Abhängigkeit vorzugehen. Dafür müssen Sie sich Ihrer Lage bewusst werden. Erst dann ist es überhaupt möglich zu handeln. Ein Alkoholiker beispielsweise, der sich seiner Sucht nicht bewusst ist, kann schließlich nichts gegen diese unternehmen, weil er die Sucht schlichtweg nicht anerkennt. Für ihn gibt es kein sichtbares Problem. Daher kann er dieses nicht aus der Welt schaffen. So ist es ebenfalls mit Ihrer Unselbstständigkeit. Erkennen Sie Ihr Problem, können Sie auch dagegen vorgehen.

3

Kleine Schritte sind besser als gar keine. Nehmen Sie sich vor, jeden Tag ein Stück weit unabhängiger zu werden. Verlassen Sie sich nicht auf andere, sondern werden Sie selbst aktiv. Geben Sie vor allem Ihrer Mutter keine Möglichkeit mehr, Sie zu lenken oder zu beeinflussen. Irgendwann werden Sie sich freier und gelassener fühlen und das ist ja genau Ihr Ziel.

4

Entdecken Sie die Welt der Selbstständigkeit und leben Sie sich mal so richtig aus. Probieren Sie neue Hobbys aus, besuchen Sie unbekannte Orte und unterhalten Sie sich mit wildfremden Menschen. Es gibt so viele Chancen, die Sie sonst verstreichen lassen würden. Es wäre doch zu schade, wenn Sie am Ende Ihres Lebens wehmütig zurückdenken und bereuen, bestimmte Dinge nie ausprobiert zu haben. Entfachen Sie Ihre Abenteuerlust und schon bald werden Sie sich wie ein neuer Mensch fühlen. Man lebt schließlich nur einmal und dann sollten Sie diese Zeit auch auskosten.

5

Allein zu sein bedeutet nicht automatisch, einsam zu sein. Manchmal brauchen wir Menschen die Stille, um uns von unserer Umwelt zu erholen. Kleine Auszeiten können Sie bereichern und wieder zu sich selbst finden lassen. Daher sollten Sie regelmäßig kurze Erholungsphasen in Ihren Alltag einbauen, in denen Sie für niemanden erreichbar sein müssen. Das bedeutet zugleich ein Stück Unabhängigkeit, und Ihr Geist kommt so wieder etwas zur Ruhe.

6

Legen Sie jeglichen Druck ab und versuchen Sie nicht, alles unter Kontrolle zu halten. Dies sorgt für zusätzliche Anspannung, die Sie tunlichst vermeiden sollten. Es kann sehr spannend sein, mal *nicht zu wissen, was passiert, und wer weiß, vielleicht erweitert dies ja Ihren Horizont und es ergeben sich neue Chancen.*

7

Sehen Sie sich als eigenständigen Menschen an, selbst wenn Sie das Gegenteil von sich denken. Sagen Sie sich immer wieder, dass Sie Ihren eigenen Willen haben und Ihr Leben selbst bestimmen werden. Niemand kann Ihnen vorschreiben, was Sie zu tun und zu lassen haben – nicht einmal Ihre Mutter! Sie kann Ihnen Ratschläge erteilen, aber die Entscheidung und die finale Umsetzung liegt ganz allein in Ihrer Hand.

ENDLICH LIEBEN KÖNNEN & AKZEPTIEREN

Durch Ihre zerrüttete Beziehung zu Ihrer narzisstischen Mutter ist es nicht verwunderlich, wenn Sie nie gelernt haben, jemanden bedingungslos zu lieben. Ihre Kindheit war sicherlich immer davon geprägt, um die Liebe Ihrer Mutter zu kämpfen, und diese hat wiederum verlangt, dass Sie als Gegenleistung für diese Mutterliebe etwas tun müssen. Doch haben Sie selbst dann kaum Anerkennung und Liebe erhalten, egal, wie sehr Sie sich auch angestrengt haben. Mit meiner Mutter erging es mir ähnlich.

Alle Anstrengungen, die ich für ein winziges Lob auf mich genommen hatte, wurden von ihr in keiner Weise gewürdigt oder auch nur beachtet. Sie hat sich sogar eher gegenteilig verhalten. Je mehr ich mich nach ihrer Liebe sehnte und alles dafür tat, desto weniger Zuspruch erhielt ich von ihr. Diese Ablehnung hat mich irgendwann an einen Punkt gebracht, an dem ich dachte, dass nur jemand, der perfekt ist, es würdig ist, geliebt zu werden. Ich war nie perfekt, also hatte ich diese Liebe auch nicht verdient. So dachte ich, und genau dies führte bei mir in Beziehungen zu diversen Katastrophen. Denn ich erwartete im Umkehrschluss von meinem Partner, dass er sich für meine Liebe genauso ins Zeug legen musste, wie ich es tat. Allerdings sollte Liebe eigentlich nicht an Bedingungen geknüpft sein. Sie muss bedingungslos sein, also ohne dass man etwas dafür erwartet. Eine Mutter ohne narzisstische Persönlichkeitsstörung würde ihr Kind niemals weniger lieben, nur weil es mal einen Fehler macht oder ganz andere Ansichten hat als sie. Sie ist eher stolz darauf, ein Kind großzuziehen, welches seine eigene Persönlichkeit entdeckt und auslebt. Bei einer narzisstischen Mutter ist jeder Versuch, individuell zu sein, hoffnungslos. Sie haben bestimmt Ähnliches erlebt und haben es bestimmt

satt, wie sehr die Erziehung Ihrer Mutter noch heute Ihr Beziehungsleben behindert. Das kann ich sehr gut nachempfinden, denn nicht selten geraten Kinder narzisstischer Mütter an einen Partner, der sie genauso behandelt. Oder sie werden der Spiegel ihrer eigenen Mutter und sind nicht fähig, ihren Partner respektvoll zu behandeln. Diese toxischen Beziehungen können Sie jedoch vermeiden, indem Sie auf sich selbst achten und Ihre Bedürfnisse und auch die Ihres Partners im Blick halten. Generelle Akzeptanz der eigenen Schwächen und die des Partners kann dazu beitragen, eine gesunde Beziehung zu führen. Jedoch gibt es hierbei noch einiges mehr zu beachten, wenn Sie aufrichtige Liebe schenken und empfangen möchten:

1

Hören Sie Ihrem Gegenüber aktiv zu. Nehmen Sie seine Meinung wahr und bringen Sie sich in das Gespräch mit ein, ohne den Fokus zu sehr auf sich selbst zu legen. Legen Sie Ihre Scheu ab und vertiefen Sie die Kommunikation. Durch Ihre narzisstische Mutter haben Sie Probleme damit, sich anderen Menschen zu öffnen, weil Sie dauernd befürchten könnten, dass jemand Sie ausnutzt. Doch es ist unerlässlich, dass Sie sich trauen, Beziehungen zu vertiefen. Besonders gut gelingt dies durch Kommunikation und dafür sollten Sie ein guter Zuhörer sein.

2

Seien Sie ehrlich mit Ihren Bedürfnissen und Gefühlen. Teilen Sie diese mit und unterdrücken Sie diese niemals. Zwar kann maßlose Ehrlichkeit Ihr Gegenüber überraschen und manchmal sogar überfordern, doch für eine intakte Beziehung ist sie unerlässlich.

Sie vertrauen sich jemandem an und dieser Mensch weiß, dass Sie stets mit offenen Karten spielen. So gewinnen Sie sein Vertrauen.

3

Lernen Sie, sich selbst zu lieben mit all Ihren Facetten. Erst wenn Sie sich annehmen, können Sie auch Liebe schenken. Sorgen Sie dafür, dass es Ihnen gut geht, und kümmern Sie sich achtsam um Ihren Körper und Geist. Lassen Sie auf keinen Fall zu, dass Sie sich selbst vernachlässigen. Merken Sie sich einfach diese eine Regel: Ihre Bedürfnisse zuerst und danach kümmern Sie sich um die anderen. Es ist nicht sinnvoll, sich selbst hintanzustellen, denn dies führt zu Frustration und Kummer. Und dies ist keine gute Basis für Selbstliebe.

4

Lassen Sie sich nicht dazu hinreißen, es Ihrer Mutter gleichzutun. Etwa, dass Sie Ihr Gegenüber mit Liebesentzug oder Kontaktabbruch bestrafen. Sie bewirken mit dieser Strategie nämlich das Gegenteil und es kann passieren, dass die Person, die Sie bestrafen, sich infolgedessen zurückzieht.

5

Konzentrieren Sie sich nicht auf Kleinigkeiten, welche Sie stören, und versteifen Sie sich nicht darauf. Sehen Sie den gesamten Menschen und erfreuen Sie sich an seinen Stärken und an seinen Schwächen. Jeder hat seine kleinen Macken und ebendiese machen einen Menschen einzigartig. Das Leben ist zu kurz, um sich über Belanglosigkeiten zu ärgern.

Erwarten Sie für Ihre Liebe keine Gegenleistung. Bei Ihrer Mutter mag dieses Konzept aufgegangen sein, aber Sie dürfen nicht vergessen, dass Sie manipuliert worden sind. Manipulation hat in der Liebe jedoch nichts verloren. Liebe muss echt und aufopfernd sein, ohne Ihrem Gegenüber ein schlechtes Gewissen zu vermitteln. Sie können nicht voraussetzen, die gleiche Menge an Liebe zurückzubekommen. Schließlich kann man Liebe nicht erzwingen.

SELBSTLIEBE

Nach einer traumatischen Kindheit ist ein gesundes Selbstbewusstsein kaum noch vorhanden. Fehlende Mutterliebe wirkt sich stark auf die Psyche eines Menschen aus und kann dessen Leben komplett beeinflussen. Sie fühlen sich unbedeutend und wertlos, doch ich kann Ihnen versichern, dass Sie dies allein deshalb denken, weil Sie damals einer regelrechten Gehirnwäsche unterzogen worden sind. Jeder Mensch ist kostbar, und ebendiese Einstellung müssen Sie sich wieder antrainieren. Ich kann Sie sehr gut verstehen, denn auch ich musste erst wieder lernen, achtsam und liebevoll mit mir selbst umzugehen. Zu tief saß die Überzeugung meiner Mutter:

Ich glaubte irgendwann selbst daran, eine Versagerin zu sein. All die Behauptungen und Phrasen, die sie mir an den Kopf warf, sorgten dafür, dass ich noch im Erwachsenenalter für jeden perfekt sein wollte. Dieser Perfektionismus hat mich zusammenbrechen lassen und ich merkte, wie ich mir dadurch selbst Schaden zufügte. Es war ein Teufelskreis, denn je mehr ich meine Bedürfnisse zurückschraubte und daran arbeitete, meinem sozialen Umfeld gerecht zu werden, desto trauriger und hoffnungsloser wurde ich. Daraufhin beschloss ich, sorgsamer mit mir umzugehen, mich in Zukunft mehr auf meine Bedürfnisse zu konzentrieren und mich von niemandem mehr beeinflussen zu lassen. Dabei beachtete ich bestimmte Dinge und konzentrierte mich ausschließlich auf mich.

DIE EIGENE IDENTITÄT FINDEN

Fragen Sie sich manchmal, wer Sie eigentlich sind und welche Fähigkeiten in Ihnen verborgen sind? Sicher haben Sie aufgrund Ihrer Mutter nie Ihre wahren Gefühle und Vorstellungen preisgegeben, da Sie Angst vor Ablehnung hatten. Oder Ihre Mutter hätte Ihre wahre Persönlichkeit nicht anerkannt und schlimmstenfalls sogar ins Lächerliche gezogen. Mir ging es damals genauso, denn meine Mutter hatte nie verstanden, wer ich eigentlich bin.

Oft habe ich meine Fantasien und Ideen unter Verschluss gehalten – was dazu führte, dass ich mich wie ein Paradiesvogel im Käfig fühlte: eingesperrt im eigenen Körper und der ständige Drang nach dem Ausleben meiner Kreativität. Ein schreckliches Gefühl! Für meine Mutter war damals jede Denkweise, die nicht ihrer glich, inakzeptabel. Sie hatte keinen Sinn für Kunst und Ästhetik, daher war dies nicht von Bedeutung für sie. Und in ihren Augen musste ich genauso denken. Nur tat ich dies natürlich nicht. Sie hatte genaue Vorstellungen von meiner Persönlichkeit und so begann sie, mich nach ihrem Bild zu formen. Ihr manipulatives Verhalten hat mich bis heute sehr stark beeinflusst, aber ich habe gelernt, mich selbst zu entdecken. Und heute kann ich mich teilweise gar nicht mehr bremsen, weil meine Kreativität nur so aus mir heraussprudelt. Außerdem verhalte ich mich ganz anders als früher. Ich war stets sehr schüchtern und hatte regelrecht Angst davor, unter Leute zu gehen. Lange war ich eine Einzelgängerin und besaß nur eine gute Freundin. Und selbst vor ihr hielt ich meine Emotionen und meine Persönlichkeit zurück. Ich kannte es schließlich nicht anders. Heute bin ich das genaue Gegenteil davon. Ich bin gern laut, lache viel und mische mich gern unter Menschen. Ich habe viele Freunde und bin sehr kontaktfreudig. Damals wäre das für mich undenkbar gewesen und ich hätte niemals damit gerechnet, mich um 180 Grad zu drehen. Doch es ist möglich! Eine solche Verwandlung können auch Sie erreichen, wenn Sie sich nicht unterkriegen lassen und endlich Ihre Persönlichkeit aus dem Käfig befreien.

1

Überlegen Sie sich, welche Vorstellungen Sie von Ihrem Leben haben. Welche Ansichten vertreten Sie und warum? Welche Träume haben Sie und was wollten Sie immer mal erleben? Lassen Sie Ihre Gedanken schweifen und geben Sie sich Ihren verborgenen Bedürfnissen hin. Welcher Mensch möchten Sie sein und warum fehlt Ihnen der Mut für den finalen Schritt? Sie können viel über sich lernen, wenn Sie auf Ihr inneres Ich hören.

2

Ideen und Ziele müssen in die Tat umgesetzt werden, sonst bleiben sie lediglich in Ihrem Kopf. Nehmen Sie sich vor, sich ab sofort und Schritt für Schritt zu dem Menschen zu ändern, der Sie sein wollen. Werden Sie aktiv und entwickeln Sie sich weiter. Das geht nur, wenn Sie Ihren inneren Schweinehund überwinden und sich für einen Neuanfang bereit erklären.

3

Denken Sie daran, dass Sie Ihr Leben stetig beeinflussen können. Sie schreiben Ihre Geschichte selbst und dabei wird Ihnen eine positive Einstellung weiterhelfen. Bleiben Sie neugierig und nehmen Sie das an, was kommt.

SELBSTBEWUSST DURCH DEN ALLTAG

Ein gesundes Selbstbewusstsein ist notwendig, damit Sie an sich glauben und Ihre Lebensfreude nicht verlieren. Es wird nicht einfach sein, Ihr Selbstbewusstsein zu stärken, da dieses sicherlich die meiste Zeit Ihres Lebens kaum bis gar nicht vorhanden war. Durch das Verhalten Ihrer Mutter haben Sie kein Selbstbewusstsein entwickeln können und das stellt Sie jeden Tag vor eine Herausforderung. Schüchternheit, Schamgefühle, die Angst zu versagen sowie Schuldgefühle sind typische Erscheinungsmerkmale für ein geringes Selbstwertgefühl. Dem können Sie jedoch entgegenwirken, indem Sie sich intensiv mit dem Wiederaufbau Ihres Selbstwertgefühls befassen. Sie können selbstständig Übungen durchführen, sollten allerdings, wenn Sie nicht wissen, wo Sie anfangen sollen, einen Therapeuten hinzuziehen. Grundsätzlich gibt es zwei verschiedene Arten von mangelndem Selbstbewusstsein, welche sich durch unterschiedliche Symptome äußern.

Es gibt Betroffene, welche besonders schüchtern, zurückhaltend und ängstlich auftreten. Diese haben zudem Probleme, vor anderen Menschen zu sprechen oder sogar am öffentlichen Leben teilzunehmen. Panikattacken und Angstzustände sind bei ihnen keine Seltenheit. Andere Betroffene zeigen ganz andere Symptome und wirken auf ihr Umfeld selbstsicher und teilweise sogar arrogant. Dabei führen sie einen inneren Kampf mit sich selbst und möchten ungern, dass jemand erkennt, wie unsicher sie eigentlich sind. Zu welcher Gruppe gehören Sie? Sobald Sie dies klar abgrenzen können, ist es für Sie einfacher, Ihr Selbstbewusstsein wiederzuerlangen. Befolgen Sie meine Tipps, werden Sie schnell selbstbewusster und strahlen dies auch aus.

1

Gewöhnen Sie sich an, mindestens einmal am Tag zu lachen. Stellen Sie sich vor einen Spiegel und lächeln Sie Ihr Spiegelbild an. Das kann wahre Wunder bewirken und hebt Ihre Laune. Schenken Sie anderen Menschen spontan ein Lächeln und erwidern Sie dieses, wenn Sie jemand anlächelt. Lachen schüttet sogar Glückshormone aus und sorgt dafür, dass Sie sich wohler in Ihrer Haut fühlen. Das beeinflusst automatisch Ihr Selbstbewusstsein.

2

Neigen Sie dazu, schnell nervös zu werden, sollten Sie Ihre Atmung trainieren. Eine kontrollierte Bauchatmung hilft Ihnen dabei, zur Ruhe zu kommen und sich auf etwas Bestimmtes zu fokussieren. Andere gezielte Atemtechniken sind ebenfalls empfehlenswert, um das Selbstvertrauen zu verbessern. Zudem wird Ihr Körper intensiv mit Sauerstoff versorgt und das Denken fällt Ihnen leichter.

3

Nicht zu unterschätzen ist des Weiteren Ihre Körperhaltung. Legen Sie hier besonders viel Wert auf Ihre Gestik, Mimik und Ihr gesamtes Erscheinungsbild. Trainieren Sie Ihr Auftreten vor einem Spiegel. Ziehen Sie die Schultern nach hinten, machen Sie sich groß, ziehen Sie den Bauch ein und strecken die Brust heraus. Sorgen Sie außerdem für einen festen Stand. Dann wirken Sie schon viel selbstbewusster. Auch Ihre Rhetorik muss klar und deutlich sein, damit falsche Interpretationen vermieden werden können. Unterschätzen Sie ebenso wenig die Wirkung Ihrer Kleidung. Ein gepflegter Kleidungsstil lässt Sie seriöser und interessanter erscheinen als zerfledderte Freizeitkleidung.

4

Wann haben Sie das letzte Mal ein Kompliment bekommen? Können Sie sich noch daran erinnern, wann Sie zuletzt wertgeschätzt wurden? Es wird Zeit, dass Sie sich selbst für Ihre Erfolge loben. Warten Sie nicht darauf, dass es andere tun. Sie würden sonst enttäuscht werden, weil Sie von Ihrem Gegenüber viel zu viel erwarten. Finden Sie an sich Charakterzüge, auf die Sie besonders stolz sind. Sie können ebenfalls auf Ihr Aussehen eingehen. Betrachten Sie sich doch einmal mit einem liebevollen Blick, so wie es auch Ihre Freunde tun würden. Hierbei geht es unter anderem darum, die eigene Persönlichkeit zu akzeptieren und sich nicht in ein vorgeformtes Raster pressen zu lassen. Werden Sie sich Ihrer Stärken bewusst und fangen Sie ebenfalls an, Ihre Schwächen zu lieben. Beides macht Ihren Charakter aus und nichts davon sollten Sie verurteilen. Eine gute Übung ist es, sich vor einen Spiegel zu stellen und dann den Blick schweifen zu lassen. Betrachten Sie Ihr Gesicht, Ihren Körper und Ihre Ausstrahlung. Sagen Sie sich, was Sie an sich mögen, und machen Sie sich selbst Komplimente. Das wirkt aufbauend und zaubert Ihnen bestimmt ein Lächeln ins Gesicht.

5

Es ist entscheidend, in bestimmten Situationen Nein zu sagen. Sie müssen sich nicht alles gefallen lassen oder ständig dazu bereit sein zu helfen. Sie treffen Ihre eigenen Entscheidungen und das müssen Ihre Mitmenschen, ganz besonders Ihre Mutter, akzeptieren. Wenn es etwas gibt, wovon Sie nicht überzeugt sind oder worüber Sie eine andere Vorstellung besitzen, dann dürfen Sie dies kommunizieren. Handeln Sie stets nach Ihrem Ermessen und lassen Sie nicht zu, dass man Sie manipuliert. Nicht immer ist es eine gute Strategie, sich der Mehrheit zu beugen oder dieser blind zu vertrauen. Sie sind ein eigenständiges Individuum mit einem gesunden Verstand und wissen selbst, was zu tun ist.

6

Damit Sie lernen, am Ball zu bleiben, können Sie sich ein Projekt vornehmen, welches Sie unbedingt zu Ende bringen sollten. Dadurch trainieren Sie Ihr Durchhaltevermögen und lernen, optimistischer zu werden. Als Übung eignen sich ganz einfache Aufgaben. Nehmen Sie sich beispielsweise vor, die Wohnung innerhalb von ein bis zwei Tagen in Ordnung zu bringen. Sie können ebenso die angefangene Häkelarbeit beenden oder was auch immer Ihnen einfällt. Es muss kein Mammutprojekt sein, an dem Sie schnell die Lust verlieren oder verzweifeln. Kleine Projekte haben den Vorteil, dass Sie schnell Erfolge erzielen und hinterher richtig stolz auf sich sind. Diese Idee können Sie ebenfalls in Bezug auf Verhaltensweisen anwenden. So können Sie sich vornehmen, einen Tag lang auf fremde Menschen zuzugehen. Oder Sie trauen sich in einem ungewohnten Outfit auf die Straße. Der Fantasie sind da keine Grenzen gesetzt. Die Hauptsache ist, Sie kommen aus Ihrer Komfortzone heraus.

7

Autosuggestion und Hypnose können ebenfalls dabei helfen, das Selbstbewusstsein zu stärken. Unter anderem werden hierbei tief verankerte Glaubenssätze aufgelöst, indem das Unterbewusstsein beeinflusst wird. Sie können hierzu einen Kurs belegen, einen speziellen Coach engagieren oder auf Selbsthilfeprogramme zurückgreifen. Ich würde Ihnen empfehlen, zunächst mit einer CD zu starten, damit Sie einen kleinen Einblick bekommen und feststellen können, ob Sie für diese Art des Trainings empfänglich sind. Einen Versuch ist es allemal wert und Sie können nur davon profitieren.

8

Versuchen Sie, nicht alles persönlich zu nehmen. Oft interpretieren wir Menschen zu viel in belanglose Äußerungen. Wenn Sie sich nicht sicher sind, ob Ihr Gegenüber Kritik übt, hinterfragen Sie den Sachverhalt. Dann können Sie Missverständnisse vermeiden und kommen nicht auf falsche Gedanken.

9

Suchen Sie sich ein Hobby oder eine Beschäftigung, die Ihnen Spaß macht. Schon kleinste Erfolge bei Freizeitaktivitäten sind absolut positiv fürs eigene Selbstwertgefühl, und die eigene Leidenschaft zu entdecken, kann Sie wahrlich beflügeln. Vielleicht gibt es etwas, was Sie schon immer mal ausprobieren wollten, sich aber nie zugetraut haben. Legen Sie sämtliche Selbstzweifel ab und machen Sie wertvolle Erfahrungen.

10

Sie können erst dann ein gesundes Selbstbewusstsein erlangen, wenn Sie zu Ihren Fehlern stehen und sich nicht verbiegen lassen. Wie der Name schon sagt, müssen Sie sich Ihrer selbst bewusst sein. Außerdem kann Sie nichts und niemand mehr erschüttern, wenn Sie Ihre Schwächen kennen und akzeptieren. Dadurch werden Sie weniger angreifbar und unangemessene negative Kommentare prallen gänzlich von Ihnen ab.

UMGANG MIT DER MUTTER WIE SIE SICH BEI EINEM RÜCKSCHLAG VERHALTEN SOLLTEN

Es kann sein, dass der Narzissmus Ihrer Mutter Sie wieder mit voller Wucht erwischt, ohne dass Sie diesen haben kommen sehen. Besonders im Falle von Konflikten kann dies sehr wahrscheinlich sein. Sie sollten sich in jedem Falle vorbereiten und alle möglichen Begebenheiten in Betracht ziehen.

Falls Sie nach einer Auseinandersetzung mit Ihrer Mutter lieber auf Distanz gehen möchten, ist dies Ihr gutes Recht. Sie können sich zudem Strategien zurechtlegen, damit Sie diese Auseinandersetzungen nicht zu sehr an sich heranlassen. Es kann immer mal sein, dass Sie mit Ihren Methoden nicht den gewünschten Erfolg erzielen und Ihre Mutter unbelehrbar scheint. Narzissten sehen ihre Fehler nicht ein und sind nicht fähig, empathisch zu sein. Das kann manchmal sehr an den Kräften zehren und Sie an den Rand der Verzweiflung treiben.

1

Ziehen Sie die Notbremse, wenn Ihnen alles zu viel wird. Ein Rückzug von der eigenen Mutter oder aus einer verfahrenen Situation ist manchmal einfach nötig. Damit schützen sie Ihren Körper und Ihre Seele. Dies ist übrigens kein Zeichen von Schwäche! Sie wissen einfach, wann genug ist, und das muss Ihre Mutter akzeptieren.

2

Ändern Sie die Taktik. Wenn bereits bekannte Reaktionen Ihrer Mutter zu desaströsen Gesprächsverläufen führen, dann überlegen Sie sich eine andere Strategie.

3

Lassen Sie unbedeutende Dinge ruhen, etwa Beleidigungen oder Anschuldigungen, die vielleicht sogar nichts mit dem Gesprächsthema zu tun haben. Seien Sie nachsichtig, aber lassen Sie auch nicht alles durchgehen. Ziehen Sie eine klare Grenze und konfrontieren Sie Ihre Mutter mit ihrem Fehlverhalten.

4

Geben Sie niemals auf, selbst wenn Sie der Verzweiflung nahe sind, weil nichts eine Wirkung zeigt. Es braucht eine Zeit, bis sich Ihre Mutter an Ihr neues Ich gewöhnt hat. Immerhin muss Sie auf schmerzhafte Art und Weise erfahren, dass Sie nicht mehr ihre Marionette sind.

5

Bleiben Sie stets positiv gestimmt und versuchen Sie, sich eventuell durch schöne Aktivitäten abzulenken. Lassen Sie nicht zu, dass Ihre Mutter Ihre Laune bestimmt.

WENN SIE BEREIT SIND ZU VERZEIHEN

Es wird nicht unbedingt leicht sein, sich mit der eigenen Mutter zu versöhnen, da sie Ihnen damals viel angetan hat. Doch ich möchte Ihnen zu denken geben, dass Ihre Mutter vielleicht sogar einmal in derselben Situation war wie Sie und sie deshalb mehr braucht, als Sie jetzt vielleicht dachten. Narzissten sind Meister im Verschleiern von Emotionen und Gedanken und dies ist der Grund dafür, dass sie so undurchsichtig sind. Doch tief im Inneren sehnen sie sich nach Liebe, Anerkennung und Geborgenheit.

Das Problem hierbei ist, dass betroffene narzisstische Mütter Schwierigkeiten haben, dies zu erkennen, weil sie es nicht anders gewohnt sind. Natürlich entschuldigt dies keineswegs deren Erziehung oder Verhalten, es verändert lediglich Ihre Sichtweise und kann Ihnen dabei helfen, die Ursache besser zu verstehen. Wir alle sind Menschen und begehen in unserem Leben Fehler, die wir nicht mehr rückgängig machen können. Wenn Sie es schaffen, Ihrer Mutter zu verzeihen, dann werden Sie befreiter sein und vergiften sich nicht mehr selbst. Ob Ihre Mutter bereit dazu ist, sich zu ändern, steht natürlich auf einem ganz anderen Blatt. Doch jahrelanger Hass gegen die eigene Mutter bringt Sie emotional nicht weiter, sondern belastet Sie unnötig.

So lernen Sie, Ihrer Mutter zu verzeihen:

1

Holen Sie sich bei Freunden und Verwandten Meinungen und Ratschläge ein. Wie würden diese Personen vorgehen und was würden sie für den zukünftigen Umgang mit Ihrer Mutter empfehlen? Besonders gut eignen sich Personen, welche zu Ihrer Mutter in einem persönlichen Verhältnis stehen, da sie deren Charakterzüge kennen. Es gibt darüber hinaus die Möglichkeit, sich professionellen Rat einzuholen, allerdings kennt eine fremde Person die Verhaltensweisen Ihrer Mutter nicht und kann sie dadurch schwieriger einschätzen. Doch haben Sie hier zusätzlich die Chance, Ihre Beziehung zu Ihrer Mutter analysieren zu lassen. Dies kann hilfreich sein, um Ursachen zu verstehen und das Verhalten Ihrer Mutter detaillierter zu betrachten.

2

Empathie ist ein bedeutsamer Schritt, damit Sie Ihrer Mutter vergeben können. Dabei müssen Sie sich in ihre Rolle hineinversetzen und herausfinden, weshalb sie sich so verhält oder in diese Richtung entwickelt haben könnte. Haben Sie keine näheren Informationen über ihren Werdegang, wird es schwieriger, die Beweggründe Ihrer Mutter zu verstehen. Ein Gespräch über ihre Vergangenheit kann oft zu neuen Erkenntnissen führen und Sie vielleicht sogar wieder zusammenführen. Entscheidend ist hierbei, dass dieses Gespräch ohne jegliche Vorwürfe vonstattengehen sollte, denn das könnte Ihre Mutter dazu bringen, sich zurückzuziehen oder gar abzublocken.

3

Versuchen Sie, Ihrem Ärger Luft zu machen, und sprechen Sie sich auf jeden Fall mit Ihrer Mutter aus. Auch wenn Ihre narzisstische Mutter wahrscheinlich wenig für Ihre Empfindungen übrighat, haben Sie wenigstens alles ansprechen können. Dies kann sehr befreiend sein. Ist ein Gespräch nicht möglich oder verweigert Ihre Mutter dieses, dann lassen Sie Ihren Frust an anderer Stelle heraus, etwa bei einem Gespräch mit einer engen Bezugsperson, oder Sie schreiben sich alles von der Seele. Haben Sie jedes Detail noch einmal festgehalten, lassen Sie die Vergangenheit ruhen und fangen Sie an, diese zu akzeptieren.

4

Sind Sie an diesem Punkt angelangt, dann sollten Sie sich nicht mehr mit Vorwürfen oder Anschuldigungen bezüglich Ihrer Mutter beschäftigen. Geben Sie Ihrem Geist genügend Zeit, damit

Ihre inneren Wunden heilen können. Gehen Sie notfalls auf Distanz und brechen Sie den Kontakt zu Ihrer Mutter für einen gewissen Zeitraum ab. Nehmen Sie sich die Zeit, die Sie brauchen, um mit allen Geschehnissen abzuschließen. Fühlen Sie sich nicht in der Lage, Ihrer Mutter zu verzeihen, ist dies Ihr gutes Recht, jedoch sollten Sie trotzdem versuchen, sich von Ihrem Kummer zu entfernen.

5

Denken Sie zurück. Gibt es vielleicht auch schöne Momente, die Sie mit Ihrer Mutter durchlebt haben? Behalten Sie diese positiven Ereignisse im Kopf und erinnern Sie sich, so oft es geht, daran. Das kann Ihnen beim Vergebungsprozess helfen.

6

Halten Sie sich vor Augen, was sich alles zum Positiven entwickelt hat. Wenn Sie an Ihre Kindheit zurückdenken, was ist jetzt besser und was hat sich verändert? Machen Sie Ihre Mutter nicht mehr für Ihr Leben verantwortlich, denn jetzt sind Sie die Person, die die Zügel in der Hand hält. Vielleicht verspüren Sie sogar einen kleinen Funken Dankbarkeit Ihrer Mutter gegenüber, weil sie Ihnen mit einem Negativbeispiel gezeigt hat, wie Sie niemals sein möchten.

Das
90-TAGE-SELBSTHILFEPROGRAMM

Nun wissen Sie, wie Sie Ihre Vergangenheit am besten hinter sich lassen und bestenfalls mit Ihrer narzisstischen Mutter umgehen sollten. Zusätzlich habe ich Ihnen ein Programm erstellt, welches Sie Schritt für Schritt durchlaufen können, um sich endlich von allen negativen Einflüssen in Ihrem Leben zu befreien. Lassen Sie keinen Punkt aus und befassen Sie sich jeden Tag intensiv mit der gestellten Aufgabe. Durchschnittlich dauert es 60 Tage, bis ein Mensch seine Gewohnheiten und sein Denken umstellen kann. Daher widmen wir uns vorher 30 Tage lang der Ursachenforschung und Ihren Zielen. Nach 90 Tagen werden Sie definitiv eine positive Aufwärtsentwicklung feststellen, vorausgesetzt, Sie befolgen die Aufgaben gewissenhaft. Ich hoffe für Sie, dass Sie am Ende des Programms selbstsicherer und selbstbewusster werden, damit Sie Konfrontationen mit Ihrer Mutter gelassener entgegentreten können. Zudem wünsche ich Ihnen sehr viel Erfolg dabei und ich hoffe, Sie erkennen, welch wertvoller Mensch Sie sind.

TAG 1 BIS 5

Widmen Sie sich in diesen Tagen Ihrer Vergangenheit. Stöbern Sie in alten Fotos und Erinnerungen und schreiben Sie jedes Ereignis aus Ihrer Kindheit auf, welches Ihnen einfällt. Betreiben Sie ein aktives Brainstorming und lassen Sie dabei keine Details aus. Jedes noch so traumatische und schmerzhafte Erlebnis halten Sie auf Papier fest. Beschreiben Sie außerdem, welche Erziehungsmethoden Ihre Mutter pflegte, welchen Charakter sie hat oder hatte usw. Sie dürfen sich alles von der Seele schreiben, und es gibt keine Zensur für Ihre Gedanken.

TAG 6 BIS 10

Nehmen Sie sich vor, die unterdrückten Gefühle in Ihnen zu befreien. Wenn Sie traurig sind, weinen Sie, wenn Sie wütend sind, dürfen Sie dies zeigen. Schlagen Sie notfalls auf ein Kissen ein und holen Sie die ganze aufgestaute Wut aus Ihnen heraus, bis nichts mehr davon übrig ist. Treiben Sie Sport und powern Sie sich so richtig aus. Die Hauptsache ist, dass Ihre Emotionen nicht mehr eingesperrt sind und Sie ein Ventil zum Ablassen Ihrer Gefühle finden. Denken Sie daran, was Ihnen Ihre Mutter alles angetan hat und wandeln Sie Ihre Emotionen in Energie um. Sport ist hierfür bestens geeignet.

TAG 11 BIS 15 Stellen Sie Ihr Leben vollständig auf den Kopf und misten Sie alles aus, was Sie nicht mehr benötigen, was Sie belastet oder unglücklich macht. Dabei nehmen Sie sich materielle Dinge vor, aber auch immaterielle: Konzentrieren Sie sich hierbei besonders auf die Bereiche „negative Gedanken" und „negative Erinnerungen". Halten Sie nicht an der Vergangenheit fest und schaffen Sie Platz für einen Neuanfang. Sie werden überrascht sein, welche Wirkung das Ausmisten auf Ihre Psyche haben wird. Weniger Besitz bedeutet gleichzeitig mehr Freiheit. Und weniger psychischer Druck bedeutet mehr Gelassenheit.

TAG 16 BIS 20 Schreiben Sie Ihre Stärken und Ihre Schwächen auf. Nun versuchen Sie, jeden Tag Ihre Stärken zu nutzen, indem Sie auf diese möglichst oft zurückgreifen. Haben Sie ein Talent für das Schreiben? Dann verfassen Sie einen persönlichen Brief an einen geliebten Menschen und überreichen ihn diesem. Sind Sie besonders kreativ? Dann greifen Sie darauf zurück, so oft Sie können, und überraschen Sie dadurch Ihr Umfeld. Geben Sie sich außerdem selbst die Chance, Ihre Schwächen zu akzeptieren. Versuchen Sie, Ihre Schwächen positiv zu sehen, denn es gibt stets einen Grund, weshalb Sie nicht in allem ein Experte sein können. Sind Sie schnell aufbrausend und können Ihre Gefühle nicht beherrschen? Dann sind Sie ein ehrlicher Mensch und Ihre Mitmenschen können darauf vertrauen, dass Sie sich nicht verstellen, sondern authentisch bleiben. Wenn Sie Ihre Schwächen nicht als Hürde ansehen, können Sie diese sogar in eine Stärke umwandeln.

TAG 21 BIS 25

Stecken Sie sich Ziele für Ihre Zukunft und überlegen Sie, wie Sie diese schnellstmöglich erreichen können. Was möchten Sie an Ihrem Leben ändern? Wie können Sie sich selbst weiterentwickeln? Und welche genauen Vorstellungen haben Sie von Ihrem Lebensstil? Fragen Sie sich darüber hinaus, wer Sie unterstützen könnte und vor allem wie. Fangen Sie mit kleinen Zielen an, die Sie in den kommenden Tagen umsetzen können. Danach setzen Sie die größeren Pläne auf Ihre Agenda. Halten Sie Ihre Erfolge auf jeden Fall schriftlich fest. Das sorgt für zusätzliche Motivation.

TAG 26 BIS 30 Üben Sie sich in Dankbarkeit. Zeigen Sie Ihren Mitmenschen in diesen Tagen, wie froh Sie darüber sind, dass Sie sie haben. Wenn Ihnen diese Aufgabe schwerfällt, können Sie mit Kleinigkeiten beginnen. So zum Beispiel, wenn Ihnen jemand Fremdes behilflich ist. Bedanken Sie sich aufrichtig und schon bald werden Sie feststellen, dass Dankbarkeit ein wunderbares Gefühl sein kann und nichts mit Abhängigkeit zu tun hat. Halten Sie sich alles vor Augen, wofür Sie dankbar sein möchten. Haben Sie einen guten Job, einen tollen Freundeskreis, liebenswerte Kinder oder erfreuen Sie sich bester Gesundheit? Dann rufen Sie sich diese Dinge regelmäßig ins Gedächtnis. Automatisch wird sich Ihre Laune verbessern, wenn Sie lernen, Ihr Leben wertzuschätzen.

TAG 31 BIS 35 Legen Sie den Schwerpunkt nun auf Ihre sozialen Kontakte. Rufen Sie alte Freunde an und schwelgen Sie gemeinsam in alten Erinnerungen und Geschichten. Nehmen Sie sich jede Person vor, die Sie gern um sich haben möchten. Wann haben Sie sich zuletzt Zeit für Ihre beste Freundin oder Ihren besten Freund genommen? Holen Sie dies unverzüglich nach und sorgen Sie für neue spannende Erlebnisse. Gibt es in Ihrer Familie jemanden, von dem Sie schon länger nichts mehr gehört haben? Dann melden Sie sich doch bei ihm oder ihr und bestimmt wird sich die Person riesig über Ihre Nachricht freuen. Pflegen Sie auf Dauer Ihre Kontakte, denn dies ist nicht nur wichtig für Ihre Psyche, sondern auch, damit Sie in Krisen jemanden an Ihrer Seite haben, der Ihnen den Rücken stärken kann. Sie können ein Leben als Einsiedler führen, doch Sie werden mit dieser Vorgehensweise niemals wirklich glücklich werden. Menschen sind soziale Wesen und benötigen Interaktionen, damit das Gehirn genügend abwechslungsreichen Input bekommt. Also verstecken Sie sich nicht und gehen Sie einen Schritt auf Ihre Mitmenschen zu. Meistens verfolgen diese mit ihrer Abwesenheit gar keine negativen Absichten, sondern sind zu sehr mit ihrem eigenen Leben beschäftigt. Schon eine kurze SMS oder ein Telefonat können Wunder wirken und Ihre Kontakte neu aufleben lassen.

TAG 36 BIS 40

Reden Sie sich Ihren Kummer von der Seele. Vertrauen Sie sich jemandem an und erzählen Sie Ihre Leidensgeschichte, soweit Sie dies können. Wenn Sie sich dies bei Ihrer Familie oder Ihren Freunden nicht zutrauen, kümmern Sie sich stattdessen um ein Gespräch bei einem Therapeuten. Der Vorteil ist hierbei, dass diese Person Sie nicht kennt und keine Vorurteile über Sie und Ihre Situation hat. Ein Therapeut wird alles, was Sie erzählen, neutral und sachlich bewerten und mit Ihnen zusammenarbeiten. Holen Sie sich hierzu Informationen von verschiedenen Therapeuten und Einrichtungen ein und bemühen Sie sich um einen Therapieplatz. Entscheidend ist, dass Sie sich mit Ihrer Kindheit auseinandersetzen und dann abwägen, ob Sie professionelle Hilfe benötigen oder ob Sie Ihr derzeitiges Umfeld genügend auffängt.

TAG 41 BIS 45

Betreiben Sie Ursachenforschung und befassen Sie sich mit den Beweggründen Ihrer Mutter. Wenn möglich, bitten Sie Ihre Mutter um ein klärendes Gespräch und sprechen Sie sachlich über das Erlebte. Lässt sich Ihre Mutter nicht darauf ein, müssen Sie diesen Schritt allein wagen. Befragen Sie hierzu eventuell Verwandte und Freunde Ihrer Mutter, welche ihnen mehr zu deren Vergangenheit erzählen können. Vielleicht verstehen Sie dann, wieso sie sich all die Jahre Ihnen gegenüber so distanziert verhalten hat. Einen Versuch ist es auf jeden Fall wert. Ist dies ebenso wenig möglich, sollten Sie sich auf sich selbst konzentrieren. Hierbei können Sie versuchen, Ihre Ängste und Ihre Weltansicht zu erforschen. Was hat dazu geführt, dass Sie so geworden sind und was beeinflusst Sie noch heute? Wenn Sie die Gründe hierfür kennen, haben Sie die Möglichkeit gegenzusteuern.

TAG 46 BIS 50

Schreiben Sie sich mindestens fünf Affirmationen auf, welche Sie in den kommenden Tagen begleiten sollen. Wählen Sie möglichst kurze und prägnante Sätze. Diese können Sie schnell verinnerlichen und jederzeit aus Ihrem Gedächtnis hervorholen. Jeden Morgen und jeden Abend sagen Sie sich diese Sätze vor, und besonders dann, wenn Sie sich in einer Situation befinden, in der Sie Zuspruch brauchen. Ihr Ziel sollte es sein, Ihre Motivation anzukurbeln und Ihr Durchhaltevermögen zu trainieren. Dabei wiederholen Sie diese Glaubenssätze mehrfach, bis Sie selbst daran glauben. Behalten Sie diese Aufgabe bis zum Schluss des Programms bei, und ganz bestimmt wird sich Ihre Sichtweise zum Positiven verändern.

TAG 51 BIS 55

Beschäftigen Sie sich intensiv mit Ihren Ängsten und Sorgen. Schreiben Sie hierzu jeden Tag bestimmte Situationen auf, in denen Sie sich nicht wohlfühlen und die in Ihnen einen regelrechten Fluchtreflex ausgelöst haben. Hatten Sie eventuell Panikattacken oder Angstzustände, die immer wieder in Erscheinung treten? Welche Gefühle konnten Sie bei sich selbst beobachten und welche negativen Gedanken verfolgen Sie? Führen Sie ein kleines Gefühlstagebuch und dokumentieren Sie jede Stimmung, die Ihnen besonders auffällt. Am Ende des Tages ziehen Sie eine Bilanz und können so feststellen, wann Sie nervös werden oder überfordert sind. Das ist eine gute Übung, um die eigenen Emotionen besser wahrzunehmen und zu erkennen. Noch dazu lernen Sie, Ihre persönliche Belastungsgrenze zu ermitteln. Sie können dann gezielte Maßnahmen ergreifen und schneller auf eventuelle Ängste reagieren. Beachten Sie hierfür meine oben beschriebenen Tipps, um erfolgreich gegen Angst und Panikattacken vorzugehen.

TAG 56 BIS 60

Verlassen Sie sich nicht auf andere Personen, sondern kümmern Sie sich selbst um Ihre Unabhängigkeit. Delegieren Sie wichtige Dinge nicht an andere, weil es für Sie unbequem werden könnte. Kommen Sie aus Ihrer Komfortzone heraus und erledigen Sie alle unangenehmen Tätigkeiten zuerst. Widmen Sie sich erst dann den erfreulicheren Dingen. Es ist außerdem von größter Bedeutung, dass Sie sich nicht fremdbestimmen lassen, sondern eigene Entscheidungen treffen. Setzen Sie sich jedoch nicht unter Druck, sondern sprechen Sie sich selbst Mut zu. Sie sind eine starke Persönlichkeit und können sich auf Ihre Fähigkeiten verlassen. Dafür brauchen Sie keine Unterstützung von außen. Übernehmen Sie Verantwortung für Ihr Handeln und stehen Sie zu Ihrer Einstellung.

TAG 61 BIS 65

Sie müssen unbedingt ein gesundes Selbstbewusstsein entwickeln. Hierbei sollten Sie jede Faser Ihres Körpers akzeptieren und sich nicht von Rückschlägen entmutigen lassen. Jeder Mensch macht Fehler, doch wenn Sie zu diesen stehen, zeigen Sie wahre Größe. Verstecken Sie sich also nicht und seien Sie stolz auf sich. Beginnen Sie mit Ihrer Körperhaltung. Machen Sie sich nicht klein, sondern präsentieren Sie sich, wann immer es geht. Gehen Sie offen auf Menschen zu und trainieren Sie Ihre Mimik, Gestik und Ihre Rhetorik. Das klappt am besten vor einem Spiegel. Sie können natürlich ebenso gut mit einer guten Freundin oder einem Freund Ihre Kommunikationsfähigkeiten trainieren. So bekommen Sie noch Feedback und das können Sie hervorragend nutzen. Ab sofort sprechen Sie laut und deutlich und nehmen in Gesprächen den aktiven Part ein, anstatt zu verstummen und keine Worte mehr zu finden. Wenn Sie einen Raum betreten, machen Sie auf sich aufmerksam und sprechen Sie mit Menschen, die Sie vorher nicht beachtet haben. Sie werden schnell selbstsicherer und Ihr Auftreten verbessert sich ebenfalls.

TAG 66 BIS 70

Konzentrieren Sie sich in den folgenden Tagen ganz auf Ihre Persönlichkeit. Nehmen Sie die Rolle Ihres jetzigen oder zukünftigen Partners ein und betrachten Sie sich mal von der anderen Seite. Was lieben Sie besonders an sich? Welche Eigenschaften finden Sie großartig? Welche Erfolge konnten Sie schon verbuchen und was können Sie besonders gut? Es gibt bestimmt einiges, was Sie finden können, davon bin ich überzeugt. Schreiben Sie diese Dinge unbedingt auf und platzieren Sie sie in Sichtweite, am besten an einem Spiegel. Immer dann, wenn Sie in ihn hineinschauen, werden Sie mit Komplimenten konfrontiert, die Sie garantiert zum Lächeln bringen. Es kommt auf Ihr Mindset an, denn damit lernen Sie, welch wundervoller Mensch eigentlich in Ihnen steckt.

TAG 71 BIS 75 Entfesseln Sie Ihre Kreativität. Welche Talente besitzen Sie? Versuchen Sie, diese so oft es geht zu nutzen. Erschaffen Sie etwas mit Ihren Händen oder widmen Sie sich Herzensprojekten, die Sie schon immer mal vollenden wollten. Der Wunsch nach Selbstverwirklichung steckt in jedem von uns und er sollte nicht durch das alltägliche Leben eingesperrt werden. Sie haben während kreativer Phasen außerdem die Möglichkeit, Gefühle auszudrücken und Ihre Ideen in die Tat umzusetzen. Sie werden überrascht sein, welch positive Wirkung diese Aufgabe auf Ihre Stimmung haben wird.

TAG 76 BIS 60 Treiben Sie Sport. Sie werden merken, welch befreiende Wirkung Sport auf Ihren Körper hat. Es fördert einen besseren Umgang mit Stress und kann Ihnen sehr gut dabei helfen, Wut und Aggressionen abzubauen.

TAG 61 BIS 65 Sorgen Sie für Veränderungen und trauen Sie sich, mal etwas Neues auszuprobieren. Gehen Sie nicht die gewohnten Wege, sondern suchen Sie nach Alternativen. Beispielsweise könnten Sie im Alltag Ihre Tagesstruktur verändern. Fahren Sie mit dem Fahrrad zur Arbeit, anstatt das Auto zu nehmen. Wagen Sie eine neue Frisur oder lernen Sie ein ungewöhnliches Hobby. Hauptsache, Sie lernen Ihre Vorlieben kennen und bringen ein bisschen Abwechslung in Ihr Leben.

TAG 66 BIS 70 Der Fokus soll bei dieser Aufgabe auf Ihrem Wohlbefinden liegen. Seien Sie gut zu sich und verwöhnen Sie sich nach Strich und Faden. Sie dürfen sich etwas gönnen, wovon Sie schon lange geträumt haben, oder vielleicht möchten Sie einfach etwas faulenzen. Alles ist erlaubt, was Ihrer Seele guttut.

TAG 71 BIS 75 Rüsten Sie sich für ein klärendes Gespräch mit Ihrer Mutter und beachten Sie die Tipps, welche ich Ihnen hier im Ratgeber zusammengestellt habe. Schreiben Sie sich außerdem Argumente und Formulierungen auf, die Ihnen dabei helfen können, Ihrer Mutter entgegenzutreten. Überlegen Sie sich bestimmte Strategien, wie Sie in Zukunft mit Narzissmus, in welcher Form auch immer, verfahren möchten. Legen Sie Ihre Prinzipien fest und weichen Sie nicht mehr davon ab. Behandelt Sie jemand schlecht oder möchte über Sie bestimmen, weisen Sie ihn in die Schranken oder streichen Sie ihn aus Ihrem

Leben, wenn Ihnen dies hilft. Es ist Ihr Leben und das müssen andere Menschen akzeptieren.

TAG 76 BIS 80

Wagen Sie sich nun an das Gespräch mit Ihrer Mutter heran und wählen Sie einen möglichst neutralen Ort, der nichts mit Ihrer Vergangenheit zu tun hat. Beispielsweise könnte ein gut besuchtes Café Ihre Mutter davon abhalten, eine große Szene zu veranstalten. Oder Sie treffen sich in einem Park. Haben Sie keine Angst vor der Aussprache, sondern sehen Sie sie als einen Schritt in die Unabhängigkeit an. Sie befreien sich damit von Ihren Altlasten und es wird für Sie möglich sein, von vorn zu beginnen.

TAG 81 BIS 85

Kommen Sie zur Ruhe und genießen Sie die Stille. Wie fühlt sich Ihr Körper im Ruhezustand an? Begeben Sie sich dafür an einen Ort, an dem Sie vollkommen abschalten können. Das kann ein Ort in der Natur sein, ein Café oder vielleicht Ihr Wohnzimmer. Lassen Sie den Blick schweifen und konzentrieren Sie sich einzig und allein auf Ihre Atmung. Sie können natürlich gern meditieren oder Yoga praktizieren. Es ist essenziell, Auszeiten in den Alltag zu integrieren. Und wenn Sie das tun, sollten Sie darauf achten, jegliche Anstrengung oder Stress zu vermeiden.

TAG 86 BIS 90

Brechen Sie mit Ihrem alten Leben. Verabschieden Sie sich symbolisch von Ihrem alten Ich und Ihrer Vergangenheit. Wenn Sie möchten, können Sie ein kleines Ritual durchführen. Beispielsweise können Sie all Ihren Kummer auf eine Karte schreiben und diese später verbrennen. Sehen Sie dabei zu, wie sich die Karte in Luft auflöst, und begrüßen Sie Ihr neues Leben. Blicken Sie nach vorn und seien Sie stolz auf sich. Sie haben eine wahnsinnige Veränderung durchlaufen und nun kann es nur noch bergauf gehen. Doch dazu müssen Sie dem Pessimismus den Kampf ansagen. Nehmen Sie sich vor, positive Gedanken in Ihr Leben zu lassen, und belasten Sie sich nicht unnötig mit Negativität.

Nachwort

Ich möchte Ihnen erst einmal gratulieren, dass Sie den schwierigen Weg auf sich genommen haben, gegen den Narzissmus Ihrer Mutter anzugehen. Das erfordert Stärke und ganz besonders Mut, den Sie schon bewiesen haben, als Sie den Entschluss fassten, wieder ein eigenständiger Mensch zu werden. Sie haben eine prägende oder vielleicht sogar traumatische Zeit hinter sich und nicht immer waren Zuversicht und Hoffnung Ihre besten Freunde. Dazu kann ich Ihnen nur sagen, Ihr Leben verändert sich erst, wenn Sie auch daran glauben. Und jeder Zustand hat irgendwann ein Ende. Sie haben nun erfahren, wie Sie mit dem Narzissmus Ihrer Mutter umgehen sollten, und vielleicht konnten Sie sogar etwas über die jeweiligen Ursachen in Erfahrung bringen. Zusätzlich haben Sie in meinem 90-Tage-Selbsthilfeprogramm Anregungen und Aufgaben gefunden, die Ihnen dabei helfen, aus Ihrer Lebenskrise herauszufinden. Zudem wurden Sie in Ihrer Selbstliebe und Ihrem Selbstbewusstsein bestärkt. Dies sind beste Voraussetzungen für einen erfolgreichen Lebensweg.

Es liegt mir sehr am Herzen, anderen Menschen mit einem ähnlichen Schicksal zu helfen und sie zu motivieren, sich endlich vom Narzissmus der eigenen Mutter zu befreien. Ich kann die unterdrückte Wut, die blanke Angst sowie die zermürbenden Selbstzweifel nachvollziehen, die Sie in Ihrer Kindheit oder sogar Ihr ganzes bisheriges Leben ertragen mussten. Doch ich habe es geschafft, die Fesseln meiner Mutter abzulegen. Dies hat mich zu einem ganz anderen Menschen werden lassen. Ich hätte mir niemals träumen lassen, dass ich einmal die Kraft aufbringe, mein gesamtes Leben umzukrempeln. Ich habe mehrere Ratgeber studiert und konnte einiges daraus mitnehmen. Dieses Wissen möchte ich an Sie weitergeben und Sie mit meinem Ratgeber bestmöglich unterstützen. Ich hoffe, Sie konnten Ihren Horizont erweitern und viele nützliche Tipps auf Ihr eigenes Leben übertragen. Zu guter Letzt möchte ich Ihnen noch ein inspirierendes Zitat mit auf den Weg geben, das mich mein gesamtes Leben begleitet hat. Es ist sehr passend für Ihre Situation, und vielleicht möchten Sie sich dieses Zitat ja als Motivation merken.

„Der Mensch ist umso größer je mehr er er selbst ist."

Der kleine Prinz (Antoine de Saint-Exupéry)

Ich wünsche Ihnen alles erdenklich Gute für Ihren kommenden Lebensabschnitt. Noch dazu wünsche ich Ihnen viel Kraft, genügend Durchhaltevermögen und ein erfülltes Leben. Sie sind der Schlüssel für Ihr persönliches Glück und niemand kann Sie aufhalten. Denn Sie sind wunderbar und wertvoll, vergessen Sie das nicht.

Impressum

Der Autor wird vertreten durch
Dmitri Kromm
Hundertwasserallee 9
64372 Ober-Ramstadt
Deutschland
Covergestaltung: Marie Wölk
wolkenart.com

Printed in Germany
by Amazon Distribution
GmbH, Leipzig

21869801R00080